Erste Buchseite, auch „Schmutztitel" genannt

Mein Balkon und ich

AF190111

Für die Kleinen und die Großen

    Für die in Röcken und in Hosen

    Für die Verwandten

    allen Tanten

    Für Mann und Maus

    Für Lydia und Klaus

    wie gesagt, für alle

Rolf Kremming

Mein Balkon und ich
Geschichten von Menschen

Mein Balkon als Ruhepol. Auch wenn es nicht immer ruhig auf ihm und unter ihm zugeht. Hier ist es schön, erholsam und vor allem spannend. Wer Lust hat, kann mich gerne mal besuchen kommen.

Die Idee für dieses Buch entstand spontan und war ursprünglich als eine locker Serie von Erlebnissen für meine Facebook-Seite gedacht

Vierte Buchseite

Bibliografische Information der Deutschen Nationalbibliothek:
Die Deutsche Nationalbibliothek verzeichnet diese Publikation in der Deutschen National-bibliografie; detaillierte bibliografische Daten sind im Internet über http://dnb.dnb.de abrufbar.

Foto Rolf Kremming

Herstellung und Verlag: BoD – Books on Demand, Norderstedt

ISBN: 978-3-7460-2858-3

Die Hasenheide

Mein Balkon ist Radio und Fernseher zugleich. Manchmal höre ich Stimmen und manchmal sehe ich auch die richtigen Bilder dazu. Jetzt läuten gerade die Glocken der katholischen Kirche, ohne Bild natürlich. Es ist Sonntagmorgen. Die polnische Gemeinde ist auf dem Weg zu ihrem Herrgott. Jetzt mit Bild. Der Blick in die Hasenheide erinnert mich an meine Kindheit. Da hatte ich eine Sonntagshose und ein Sonntagshemd. Und wehe, ich wollte die Sachen mal am Freitag oder Mittwoch anziehen. Ach ja, beim Essen musste ich immer die Hände auf dem Tisch lassen und durfte mich nie mit den Ellenbogen abstützen. Mein Gottchen, ist das lange her. Auch die polnischen Frauen und Männer flanieren im Sonntagsstaat über den Weg. Direkt unter meinem Balkon vorbei. Bild und Ton zur gleichen Zeit. Das heißt, ich höre zwar ihre Stimmen, verstehe aber kein Wort. Polnisches TV sozusagen. Leichten Schrittes wandeln die Gläubigen den Weg entlang. Die Frauen im schicken Outfit, die Männer mit Anzug und Krawatte. Eine Dame trägt ein Blumenhütchen. Sieht schick aus. Sie trägt einen kurzen Rock und hat lange Beine. Sieht noch schicker aus. Ein Hund hebt das Bein, die Glocken hören auf zu läuten. Ein Zusammenhang besteht wohl eher nicht. Die Dealer unter meinem Balkon sind noch nicht da. Sie schlafen noch.

Gerade donnert ein Flugzeug über die Häuser hinweg. Wo will das Ding bloß hin? Ist der BER etwa schon in Betrieb und ich habe nichts bemerkt? Unwahrscheinlich. Apropos BER. Ich tausche einen Blick mit der Schnecke, die an der Hauswand hoch gekrochen ist und mich anlächelt. Sie hat Glück, dass ich im 1. Stock wohne, sonst wäre sie wohl einige Jahre mehr unterwegs gewesen. Was das mit dem Flughafen zu tun hat? Ich stelle mir das so vor. Wowi und Schneckchen haben eine Wette abgeschlossen. Wer ist schneller wo. Wowi in der Luft oder Schneckchen bei mir im 1. Stock. Von Wowi noch keene Spur. Schneckchen lächelt immer noch. Ziemlich spöttisch, wie ich meine.

Der Papst

Ich will ja nicht angeben. Aber wenn ich von meinem Balkon 44 Grad Süd schaue, sehe ich ins Schlafzimmer des Heiligen Vaters. Natürlich nicht wirklich. Aber die Richtung stimmt schon mal. Hier steht die Päpstliche Nuntiatur. Ziemlich kleine Fenster, hinter denen es immer dunkel ist. Nicht mal der kleinste Heiligenschein lässt sich blicken. Wer lässt sich auch gerne ins Schlafgemach schauen. Auch der Papst nicht. Obwohl er ja nichts zu verbergen hat...hätte...haben sollte. Das Haus um sein Bett herum ist grottenhässlich. Sieht aus wie ein Bunker. Und dafür haben sie ziemlich viele Bäume abgeholzt. Gab ne Menge Aufregung damals. Im „Eiscafe Delfin" hat eine Hakennasige in Sandaletten für eine Demo geworben. Vielleicht wäre ich ja hingegangen. Doch die Dame im Waldorfschullook war mir unsympathisch. Also setzte ich mich auf meinen Balkon und harrte der Dinge, die ohne mich passieren würden Wer jetzt denkt, ich sei bequem, hat recht. Manchmal jedenfalls. Aber damals war der heutige Papst noch nicht Papst, sondern hat in Buenos Aires Tango getanzt. Und ob der Vorgänger vom Vorgänger, er hieß Karol und war Pole, seine Zustimmung für diesen Bau gegeben hat, weiß nur der Liebe Gott persönlich. Und mir soll das egal sein. Trotzdem ärgert's mich. Muss mal wieder entspannen und mich mit wichtigen Dingen befassen. Zum Beispiel die Belege für die Steuer sortieren. Nee, dann doch lieber ärgern. Ist das kleinere Übel. Jeden Sonntag pilgern die polnischen Gemeindemitglieder zur St-Johannes-Basilika direkt neben der apostolische Nuntiatur und beten zur Mutter Maria, zu Jesus und zum Herrgott. Nach dem Gottesdienst strömen sie in Richtung U-Bahn oder zu ihren Autos. Die tun parken wie die Blöden, sagte mir die Hauswartsfrau aus der 22. Und die ist immer auf dem Laufenden. Erst vor Kurzen hat sie mich gewarnt. Die Polli, sie meinte die Frau vom Ordnungsamt, würde wieder rumschleichen tun. Die Warnung kam zu spät. Der Zettel flatterte schon hinter meinem linken Scheibenwischer. Warum links? Ihr Kollege nimmt immer den rechten Wischer. So habe ich immer einen genauen Überblick vom Dienstplan des Amtes für Ordnung und Sicherheit. Vor einiger Zeit lernte ich eine der Polinnen kennen, die zum Beten und Singen kamen. Sie war auf dem Weg zum Bahnhof und hat mich fast umgerannt. War mir nicht mal unangenehm. Halb so alt wie ich, lange blonde Haare und ein Lächeln, das süchtig macht. Irgendwie kamen wir ins Gespräch und dann auch näher. Ich nannte sie später immer meine polnische Außenministerin. Die Frage, ob sie gläubig sei, verneinte sie. Vor ein paar Tagen wäre sie von Oma und Opa gekommen und hätte einen Baum übersehen, erklärte sie. Nun sei ihr Golf III im Arsch. Hat sie wirklich so gesagt. Zum Glück sei ihr nichts passiert, deshalb habe sie sich jetzt beim Lieben Gott bedankt. Ich verstand ihre Logik nicht. Wie kann man sich bei jemandem bedanken, von dem man behauptet, es gäbe ihn gar nicht? Egal. Wir hatten genug andere Themen und meistens verstanden wir uns auch ohne Worte. Eines Tages brachte sie ihren Mops mit. Karol, heißt er. Genau wie der polnische Papst.

Der Wachtmeister

Ist jemand von Euch schon mal mit den Rad die Züllicher Straße lang gefahren? Nee? Versucht es mal. Möglicht mit prall aufgepumpte Reifen und dann ab die PIN. Vorschlag an alle, die ihre Nierensteine ohne OP verlieren wollen. Ich hatte nach 30 Meter jedenfalls die Schnauze voll und fuhr auf dem Bürgersteig weiter. Kommt ein Mann daher, streckt mir den rechten Arm entgegen und gebietet Halt. Der Mann trug eine Uni-form. Absteigen...Papiere, befahl er mir. Sein

Ton gefiel mir nicht. Dies ist ein Gehweg und kein Fahrweg, erklärte mir weiterhin im Tonfall eines Emirs, der seinem Haremwächter befahl, auf die Damen achtzugeben, sonst Kopf kürzer. Fahren auf dem Gehweg ist nur Personen, er sagte wirklich Personen und nicht Kinder, bis zehn Jahren erlaubt. Oh, dachte ich, da biste locker 60 Jahre drüber. Ich stieg von meinem grünen 50 Euro Rad (gebraucht) und lächelte. Das ist ein Bürgersteig und keine Rennstrecke. Du bist ein Idiot, dachte ich in mich hinein und entgegnete süffisant, ich wäre doch ein Bürger und der Steig demzufolge auch meiner. Er stutzte und fühlte sich zu recht verscheißert. Ich lächelte. Sein Ton wurde gröber. Er kontrollierte die Funktionalität meiner Rück- und Vorderleuchte und meiner Klingel. Ein Wort gab das andere. Gerade wollte ich ihm meine Meinung klingeln, radelte Hanna, Portiersfrau

aus der 22 vorbei. Auch auf dem Bürgersteig. Was nun Herr Wachtmeister? Er
entschied sich für mich. Wohl nach dem Motto: Waste hast, das haste. Die Geschichte
kostete mich 20 Euro.

Nach einer Runde über den Tempelhofer
Flughafen, räumte ich meinen Balkon auf.
Zwischen den Tomaten, zwei gelben Spitz-
paprikas und allerlei Kraut, das ich nicht
kenne, fand ich einen Aschenbecher. Ich ließ
ihn stehen. Eins nach dem anderen. Das
Wichtigste zuerst. Das wäre jetzt die Buch-
haltung. Das Zweitwichtigste, den Müll runter bringen und das Dritte...nee, macht auch
keinen Spaß. Also noch mal zu den Kippen
zurück. Eine Dame vom Kennenlernportal,
ihr wisst ja, da wo die Liebe durch das Internet kommen tut, fragte mich ob ich rauche.
Weiter nichts. Das war mehr als dürftig. Aber
das schrieb ich ihr nicht. Nur dass ich einen

anderen Typ Frau bevorzuge. Die Fotos auf ihrer Seite sprachen nämlich Bände. Ein Bild von sich, das so unscharf war, als hätte sich die Kamera verweigert. Dafür aber acht Bilder ihrer Wohnungseinrichtung. Da war das Porzellan auf dem Biedermeiertisch, das so teuer aussah, dass ich mir nicht vorstellen konnte, ohne Angst davon zu essen. Im Hintergrund eine Vitrine, der man ansah, dass sie täglich mit Politur verwöhnt wurde. Am ausdrucksstärksten fand ich allerdings den braunen Kachelofen, der mir sofort mitteilte, ich müsse täglich Kohlen schleppen. Aber jetzt bin ich schon wieder ins Schwafeln verfallen.

Werner

Kinder wie die Zeit vergeht. Es ist kaum zu glauben aber bei manchen Dingen denke ich, sie wären erst gestern passiert. Dabei war das vor 30 Jahren...oder mehr. Scheiße! Vorhin war Werner hier. Ein Schulfreund aus alten Tagen. Er ist jetzt Ingenieur. Das heißt, er ist immer noch Ingenieur aber nicht mehr berufstätig. Mit anderen Worten: Er ist Rentner. Jetzt sitze ich auf meinem Balkon direkt neben der Tomatenstaude mit fünf runden roten Dingern dran und denke nach. In der Schule saß er rechts vom Gang in der ersten Reihe und ich links. Hinter uns die neunmalklugen Zwillinge Klaus und Reiner. Dann gab es noch den dicken Kosche, den frechen Pierre und Tünnes, der eigentlich Scheel hieß. Frau König, unsere Englischlehrerin, die aussah wie eine Küchenhilfe im Trägerkleid, schaute mich immer sehr streng an. Warum, weiß ich nicht. Aber jeder Blick über ihre dicke Hornbrille ließ mich zittern. Nur wenn sie mit beiden Händen ihren Busen nach oben schob, grinste ich. Das war zeitweilig aber auch mein einziges Vergnügen in der Schule. „Peter Pim and Billy Ball" interessierten mich nicht und bei welcher Temperatur sich Feststoffe in Gase verwandeln noch weniger. Und das Auswendiglernen der Elemente nach der Anzahl irgendwelcher herumschwirrender Protonen, Neutronen oder sonst was für...tonen schon gar nicht. Manche Regeln habe ich mir trotzdem gemerkt. Gar nicht, schreibt man gar nicht zusammen. Und wer nämlich mit ...h... schreibt, ist dämlich. Ist doch einfach. Gelle? Heute besitze ich zwei Dutzend Physik- und Chemiebücher und es macht mir Spaß, darin zu lesen. Jetzt aus Spaß und Neugier und nicht, um Professor zu werden.

Aber nun wieder zurück zu Werner. Er hat mir erzählt, er hätte drei Überwachungskameras angebracht. Eine filmt die Heizung. Als er und seine Frau in Vietnam im Urlaub waren, hätte seine Heizung ihm eine SMS geschickt. So habe er gewusst, dass die Heizung ihren Geist aufgegeben hatte. Für Werner kein Problem. Er rief seinen Nachbarn an, der für Notfälle zuständig war. Dass es in Berlin 03.30 Uhr war, spielte keine Rolle. Die anderen beiden Kameras haben das Grundstück im Visier. Eine überwacht die Terrasse, weil sich Rehe und andere wilden Tiere an seinen Blumen vergnügten und sie verspeisten. Die dritte hatte den Rasen voll im Blick. Sollten sich Wildschweine in seinem Garten suhlen, würde ihm ein Sender, der mit der Kamera verbunden ist, sechs gestochen scharfe Bilder von der Wildscheinrotte senden. Überall hin in der Welt, egal wo er und Gita sich auch aufhielten. Wie gesagt, Werner ist zwar Rentner aber noch immer Ingenieur.

Bei Haus und Garten fällt mir noch was ein. Gestern erst passiert. Auf einem Kennenlernportal schrieb mich eine 49jährige Dame an. Sie suchte einen Mann zum Heiraten mit Haus und Garten und dem Benehmen eines Kavaliers der alten Schule. Mich ritt der Keks. Ich schrieb ihr, dass ich zwar kein Haus und keinen Garten hätte, auch nicht heiraten wolle, mich dafür aber sehr gut schlecht benehmen könne. Was als halber Witz gedacht, kam bei ihr als gar keiner an. Kurz und gut, sie schrieb zurück. Dann wären wir wohl nicht füreinander bestimmt, wobei ich ihr sofort Recht gab. Doch zweitens meinte sie einschränkend, die inneren Werte wären ihr wichtiger. Ich dachte kurz nach, suchte nach diesen und schrieb ihr zurück,

mit solchen könne ich natürlich dienen. Doch
Tina war humorlos bis zur Hacke und gab
mir den Laufpass bevor ich am Starblock
stand. Ein paar Tage später besann sie sich
eines Besseren und schrieb mir, sie müsse
ständig an mich denken und schrieb mir ihre
Fantasien mit mir auf ihrer Couch. Ich war
verblüfft. Eine Frau, die mich nicht kennt,
kann mich nicht vergessen. Das hatte ich
schon andersrum erlebt. Das kleine Teufelchen in mir spuckte Feuer. Ich gab ihr meine
Nummer mit dem Zusatz: Nur für Notfälle.
Gestern trat dieser offensichtlich ein. Ich be-
kam eine SMS mit dem Vorschlag, ich solle
sie abholen (aus Rudow), sie zum Essen
einladen und anschließend können wir zum
Kuscheln auf die Couch. Ach du Kacke,
schoss es mir durch den Kopf. Das ist eine
Bestimmerin, die frisst dich mir Haut und
Haaren auf. Meinen Versuch, es erstmal bei

einem Cafe zu belassen und dann zu schauen, wischte sie wütend vom Display: Aha, der Mann ist also geizig. Wenn ich Dir nicht mal ein Essen wert bin, dann will ich dich auch nicht kennenzulernen. Ich war erleichtert. Musste ich doch jetzt nicht mehr nach Rudow fahren.

Die Nachbarin

Es gießt in Strömen. Es pladdert wie verrückt. Man könnte meinen, die Engel würden ein Wettpissen veranstalten. Obwohl die Sonne scheint. Sonnenregen, denke ich, wie schön. Als Kind bin ich immer barfuß die Straße runter gerannt und habe in die Pfützen gepatscht. War schön, hat Spaß gemacht. Aber das ist schon ein paar Jährchen her. Doch dann sehe ich, es regnet nur an einer Stelle. Ein schmaler Streifen von vielleicht 40 Zentimeter. Augenblicklich war mir alles klar. Die Nachbarin über mir gießt ihre Blumen. Sie kann es nicht und wahrscheinlich lernt sie es auch nie. Ich meine, die richtige Dosierung des Blumengießwassers. Dieses Übermaß an Wasser donnert wie der Rheinfall von Schaffhausen auf meine Blumentöppe. Mehrere Geraniengenerationen segneten bereits das Zeitliche. Auch mehrmaliges Rufen blieb vergeblich. Nichts. Sie wässerte seelenruhig weiter. Manchmal, wenn besagte Frau nicht meinen Balkon flutet, spielt sie Geige. Damit versöhnt sie mich und ich hoffe, meine Blumen danken es ihr ebenfalls. Sie spielt so sanfte Töne, dass ich ins Schwärmen komme. Um meinen kleinen Botanischen Garten nicht zu überfordern, hatte ich mir Sumpfgras gekauft, eine Pflanzenart, die genau diese Fülle an Wasser braucht. Gut gedacht und trotzdem falsch.

Just von diesem Tag an stellte sie das Gießen ein. Die Folge: in kürzester Zeit ver-
trocknete mein Sumpfgras. Schlau wie ich
bin, kaufte ich wieder Geranien. Was dann
geschah, könnt ihr euch nun denken. Genau.
Die Geigerin fing wieder an zu gießen und
der Gärtner an der Ecke freut sich über meine regelmäßigen Besuche.

Das schiefe Bild

Das Telefon klingelte. Der Nachbar von gegenüber war dran. Sag mal, kannst Du das
Bild auf deinem Balkon gerade hängen? Was
wie eine Frage klang, war aber keine. Warum? fragte ich unnötigerweise. Weil wir immer draufkucken müssen und uns fragen,
warum es schief hängt. Aha! Diese Frage
hatte ich mir allerdings nicht gestellt. Ich
kannte ja die Antwort. Das Bild war selbst-

gemalt und ich hatte es im Stillen „Moderner Sonnenuntergang im Meer" genannt. Als ich es aufhängen wollte, fand ich keinen geeigneten Platz in der Wohnung und beschloss spontan, es auf den Balkon zu hängen. Die Sache hatte allerdings einen Haken oder besser gesagt, einen Nagel. In der Mitte des Keilrahmens war eine Holzleiste. Hinten natürlich. Diese teilte das Bild exakt in zwei gleiche Teile. Ich aber hatte nur einen Nagel. Das heißt, ich hatte natürlich mehrere, aber die lagen in der Schublade und die war in Küche. Ich dagegen stand mit dem Hammer und einem Nagel auf dem Balkon. Nagel in die Wand, Bild dran. Fertig. Ich bin ein Mann von schnellen Entschlüssen. Entweder hatte das Gemälde, ich möchte es mal so nennen, nun ein leichtes Übergewicht nach links oder nach rechts. Je nach dem, wo sich der Nagel befand. Ich entschied mich für links. Ich ließ das Bild hängen. Mein einziges Zugeständnis: mal ließ ich es nach links, mal nach rechts kippen. Wer jetzt denkt, ich wäre stur, denkt richtig.

Spanner

Jetzt, wo es heiß ist, denke ich öfter an den Winter, obwohl ich den nicht mag. Winter sind blöd und haben mir noch nie gefallen. Ich bin eben ein Warmblütler und Heißsporn (Oho!). Selbst die Winter nicht, in denen ich meiner Gattin zuliebe in den Skiurlaub gefahren war. Sind ihnen schon mal vor Kälte die Augäpfel eingefroren? Nee? Mir auch nicht. Aber es war kurz davor. Zumindest sprang unser BMW Diesel nicht an. Alles eingefroren und ich hegte schon die Befürchtung, ich müsse bis zu den ersten Frühlingsstrahlen auf der Bank am Sonnenlift verweilen. Aber ich weiche vom eigentlichen Thema ab. Im Moment liegt mir der Gedanke an eine angenehme Kühle näher, als im verschwitzten T-Shirt herumzulaufen. Also noch mal von vorn. Im Winter vor drei Jahren lernte ich einen Spanner kennen. So einen, der es sich nicht nehmen ließ, mir rotzfrech durchs Fenster und durch die Balkontür zu glotzen. Und das täglich. Auf leisen Sohlen huschte er vom Fenster zur Tür und wieder zurück. Der Kerl richtete sich kerzengerade auf, drückte seine Nase an der Scheibe platt und glotzte. Zuerst war ich ziemlich irritiert und verhielt mich still, um den ungebetenen Gast nicht zu stören. Zu sehen gab es gerade nichts. Das Zimmer war aufgeräumt. Nur Staubsauger, Feger und Schippe lagen noch herum. Und ich faul auf meinem lila Ikeasofa und dachte nach. Worüber weiß ich nicht mehr. Da ich viel denke, macht es auch wenig Sinn, darüber auch noch nachzudenken. Ich dachte also, lass den mal kieken und warte, was passiert. Kurzfristig kam der Gedanke auf, ich müsse mir eine Hose anziehen, doch ich unterließ es dann. Nun werden sich einige fragen, warum ich nicht Alarm geschlagen und die Polizei gerufen habe. Ganz einfach. Wählen sie mal 110 und erklären dem Beamten, bei ihnen auf dem Balkon sitzt ein Eichhörnchen und glotzt in ihr Zimmer rein.

Sodom und Gomorra

Vor ein paar Wochen saß ich noch auf meinem Balkon. Da war richtig Sommer. Die Sonne knallte. Ich knallte zurück. Um mich herum war Südsee und ich schaute mir den Urwald an, der in den Blumenkästen wucherte. Da waren die Sonnenblumen, die bis ins nächste Stockwerk wuchsen. Na ja, nicht ganz. Aber fast. Dann wären noch die Dalien zu erwähnen, die rosaweiß im Kasten standen. Und nicht zu vergessen, meine Tomaten. Erst wollten die Dinger nicht reif werden, jetzt leuchteten sie wie eine rote Ampel in der Nacht. Ich liebe meine Tomaten und hätte jeder von ihnen am liebsten einen Namen gegeben. Tommy vielleicht oder Matti. Elf liegen jetzt auf meinem Küchenbrett und warten drauf, heute noch, garniert mit griechischem Schafskäse, Kräutern, Balsamico und Pfeffer und Salz, verspeist zu werden. Während ich so vor mich hin sinnierte, trabten eine Menge Gedanken durch meinen Kopf. Der unangenehmste war an die Steuererklärung. Fein säuberlich sortiert liegen die Belege auf meinem Tisch, den ich extra dafür ausgezogen habe. Nicht heute, dachte ich. Heute ist Samstag und ein Tag vor Sonntag. Und der galt schon in der Bibel als Ruhetag. Als nächstes erschien mir das Bild einer Dame. Recht hübsch, aber auch recht kompliziert. Sie wollte mich vor vier Wochen besuchen. Hat es wohl vergessen. Kann ja mal passieren. Doch genug der Rückschau. Schon in der Bibel heißt es: Gott wollte Sodom und Gomorra wegen ihrer Schlechtigkeit vernichten. Nur Lot und seine Familie sollten gerettet werden. Lauft um euer Leben und schaut nicht zurück. Lots Frau aber war ungehorsam, drehte sich um und erstarrte zur Salzsäule. Muss ja nicht stimmen, die Geschichte. Aber das Gestern ist nun mal vorbei. Und mit dem Morgen ist es ähnlich. Nur umgekehrt. Keiner weiß, was passiert. Ein bekannter Rechtsmediziner erzählte mir in einem Interview, es sei Quatsch, Pläne für die Zukunft zu schmieden. Er tue dies schon lange nicht mehr. Schließlich hätten die meisten von denen, die auf seinem Obduktionstisch lagen, Minuten vorher noch nicht gewusst, dass sie sterben würden. Leuchtet mir ein. Aber so ganz ohne Pläne...ick weeß nich. Was ist denn mit dem tollen Gänsebraten meiner Freundin Regina, den sie jeden Heiligabend auf den Tisch zaubert? Mit Apfelrotkohl und Klößen. Oder mit den Kurztrip nach Florenz, der geplant ist? Ganz zu schweigen von den Dingen, die ich lieber ganz verschweige.

Wieder im Moment zurück, kam mir aus heiterem Himmel der Gedanke, mein Kopf gehöre auf eine Briefmarke. Ich auf der Marke für einen Standardbrief bis 20 Gramm in den Maßen 23,5 x 12,5 cm und höchstens einen halben Zentimeter dick. Man darf ja noch mal träumen dürfen, oder? Manche träumen von der großen Liebe, andere von

sechs Richtigen im Lotto. Mit Zusatzzahl natürlich. Warum also ich nicht auch von so ein
Ding für 70 Cent. Wahlweise selbstklebend
oder anleckend. Jetzt schweife ich aber wieder ab. Eigentlich wollte ich über Menschen
schreiben, die Fremdwörter benutzen. Und
zwar um anzugeben. Sie reden, als tragen
sie ihre Doktorarbeit vor. Sie sind so herrlich
dumm. Neulich meinte einer, ich sei zu post-
faktisch und ich solle alles verifizieren. Es sei
nämlich obsolet. Aha! Sagen wollte er mir:
Ich sei viel zu gefühlsmäßig und solle alles
noch einmal überprüfen, denn meine Meinung sei veraltet. Guter Mann, sagte ich,
dein Staus Quo ist recht narzisstisch. Doch
eines hat das Gespräch mit ihm gebracht.
Ich kenne nun drei Wörter mehr. Auch wenn
ich sie nicht benutzen werde.

Gewohnheiten

Ist euch schon mal aufgefallen, was Menschen tun, worüber sie nie wirklich nachgedacht haben? Ich zum Beispiel rümpfe hin und wieder die Nase, ohne dass mir was missfällt. Einfach so. Ohne Sinn und Verstand. Oder beim Duschen, da brause ich zum Schluss immer meine Fußsohlen kalt ab. Irre oder? Als ich letztes Jahr mein Fahrrad zur Reparatur brachte, fragte mich Mechaniker Ivo, warum ich mit den Zehen auf die Pedalen trete. Hat mir mein Vater beigebracht, kam es spontan aus mir heraus. Ist aber ziemlich lange her. Außerdem völliger Blödsinn, meinte Ivo ganz nebenbei. Seitdem trete ich zwar immer noch mit den Zehenspitzen, weiß aber, dass es Unsinn ist. Ich doch schon mal gut. Oder? Oma Grete, die mit dem Dutt und der runden Brille, verbot mir, abgewaschene Pflaumen zu essen, ohne das Wasser abzutrocknen. Richtig oder falsch? Keine Ahnung. Auf jeden Fall halte ich mich heute noch daran. Dann war da noch Frau König, unsere Englischlehrerin. Okay Leute, ist auch schon lange her, aber mir immer noch in Erinnerung. Sie war dünn wie eine Bohnenstange, trug ein kackfarbenes Trägerkleid und saß meist auf der Kante ihres Schreibtischs. Zwischendurch griff sie ihren Busen und schob ihn nach oben. Ca. drei bis acht Mal pro Unterrichtseinheit. Irgendwann kam einer von uns auf die Idee, darauf zu wetten, wie oft sie ihre Brusthebeaktion in der kommenden Stunde machen würde. So zockten wir Jungs mit zwölf schon und der Verlierer musste dem Gewinner eine Tüte Kuchenkrümel kaufen.

In meiner Umwelt passieren solche Dinge ständig. Da wäre die Kassiererin bei Edeka. Die mit dem Extremhaarschnitt in knallig

Blau. Bei jeder Null steckt sie ihre Zungenspitze zwischen die Lippen durch. Sieht aus, als winke sie den Kunden zu. Eine Freundin von mir weigert sich, dass Wort Scheiße in den Mund zu nehmen. Richtig so! Scheiße sagen ist einfach scheiße. Zeugt von keinem guten Benehmen. Dann war da noch die Freundin, die ohne BH nie ihre Wohnung verließ. Das bringt Unglück fürs ganze Leben, sagt sie. Nur einmal hatte sie ihn vergessen. Das war, als wir uns zum ersten Mal trafen. Danach meinte sie, das wäre nun der Beweis, dass ihre These stimme. Muss ich das persönlich nehmen? Ein Freund von mir streicht sich alle paar Minuten über den Oberlippenbart. Nur dass er den vor Jahren schon abrasiert hat. Komisch, dass man sich oft an solche Kleinigkeiten erinnert. Aber genau die Dinge sind es doch, die Freundschaften ausmachen, Bekanntschaften lebendig gestalten und Menschen nicht vergessen lässt. Zum Abschluss nun doch noch Mal zu mir. Ich muss jeden Abend, bevor ich ins Bett steige, meine Blutdrucktablette aus der Alufolie drücken und neben das Wasserglas legen. Sonst kann ich nicht einschlafen...

Meine Lieblingsfeinde

Ich muss mal drüber reden. Ehrlich. Es ist nämlich zum Kotzen. Die scheiß Radfahrer gehen mir mächtig auf den Sack. Am liebsten würde ich einigen die Reifen zerfetzen, die Speichen abknipsen oder die Lampe abreißen. Sofern die Hirnis überhaupt Licht am Rad haben. Rahmen verbiegen wäre auch noch eine Option, die mir gefiele. Gestern fuhr ich die Blücherstraße runter und vor mir zwei Frauen, die gemütlich Hand in Hand nebeneinander radelten und die gesamte Breite der Straße für sich beanspruchten. Gut, dachte ich mir. Sollen sie machen. Ich musste ja schließlich nur zum Zahnarzt. Als die Damen jedoch keine Anstalten machten, sich voneinander zu lösen, hatte ich Dinge im Kopf, die ich hier lieber nicht aufschreibe. Als ich die beiden vorsichtig überholen wollte, scherte die linke von ihnen aus. Nur meine Blitzreaktion, schneller als ein Quanten-Computer, rettete sie vor einer Not-OP. Mein Frühlingsquark und die sechs Eier schossen vom Beifahrersitz und vermengten sich im Fußraum auf der frisch gesaugten Matte. Bevor ich wieder richtig zur Besinnung kam, streckte mir die blöde Kuh ihren Stinkefinger entgegen und beschimpfte mich als Arschloch, Spasti und Macho. Na gut, den Macho nahm ich ihr nicht übel. Ich schrie zurück. Leider konnte sie meine Worte nicht hören, weil mein Fenster klemmte und mein... gegen die Scheibe prallte. Liebe Worte waren es auf keinen Fall. Es gibt eben Tage, da kommt alles zusammen. An der nächsten Ecke sortierte ich meine Habseligkeiten und überlegte kurz, ob Frühlingsquark und Eier noch essbar wären. Dann schloss ich die Augen, atmete 96 mal tief durch und fuhr weiter. Die nächsten zwei Stunde des Tages verliefen ohne nennenswerte Ausfälle. Dann ritt mich jedoch der Teufel. Ich fuhr durch die Bergmannstraße. An sich nichts Schlimmes. Wenn da nicht die Radfahrer wären. Also gut, ich will ganz ehrlich sein. Es ist die Straße der Emotionen. Nirgendwo auf der Welt prallen die Gegensätze so aufeinander, wie hier. Rechts und links parken Autos. In zweiter Reihe noch einmal das gleiche. Und, nun raten sie mal, was zwischen den Reihen passiert. Genau! Diesmal war es ein Typ, der

mir den Weg verhagelte. Wie auf einer Tanz-
fläche schaukelte er sich von einer Straßenseite zur anderen. Freihändig mit dem Handy
am Ohr. Ich dachte, ich spinne. Ich hab das
auch mal gemacht. Allerdings mit dem Auto
und ohne Handy. Das war auf der Straße des
17. Juni und im Radio lief gerade der
Schneewalzer. Aber das ist lange her und
längst verjährt. Außerdem war ich nicht allein. Wollte der Dame wohl imponieren. Ist
mir auch gelungen. Jedenfalls was die Stunden danach betraf. Dann bog der Typ nach
links ab. Natürlich ohne Handzeichen zu geben. Das sind die Situationen, in denen ich
gerne Polizist wäre. Kelle raus und losge-
brüllt. Wäre doch gelacht, wenn der Bengel
nicht zu erziehen sei. Ich hielt mich zurück.
Am Südstern kam mir einer auf einem Liege-
Holzfahrrad entgegen. Abgesehen davon,
dass er auf der falschen Straßenseite fuhr,

hatte er auch noch kurze Hosen an. Abge-
schnittene orangenfarbene Jogginghosen
und obenrum ein Muskel-Shirt ohne Muckis
drunter. Mein Gott, dachte ich, der traut sich
was. Ich wünschte mir, es würde regnen. So
volle Pulle runter. Rolf, du bist schadenfroh,
schoss es mir durch den Kopf. Aber welcher
Mensch ist schließlich NUR gut...

In der Sauna

Neulich war ich in der Sauna. Es regnete.
Draußen natürlich. In der Sauna selbst
dampfte es und roch nach Lavendel. Ich
wollte mich entspannen. Doch zuviel Hitze
macht nicht nur die Poren auf und lässt den
Schweiß fließen, sondern sorgt in manchen
Köpfen auch für Ausnahmezustände. Warum sonst sollten sich zwei Männer um die

Sanduhr an der Wand streiten? Ist meine...nee, meine...ich habe sie zuerst umgedreht... Ich befürchtete schon, sie würden sich einander am Kragen packen. Obwohl das rein praktisch nicht möglich war. Meine Entspannung war dahin. Bevor die Geschichte zur Schlägerei ausartete, ging ein dritter dazwischen und erklärte den Streithähnen, dass noch vier weitere Sanduhren an der Wand hingen. Bei soviel Irrsinn kann man schon ins Schwitzen kommen. Ich saß da und stierte vor mich hin. Ein Hintern lief an mir vorbei. Danach eine rasierte Vagina. Die Tür ging auf und wieder zu. Allerdings nicht richtig. Ein Spalt blieb offen, gerade groß genug, dass ein Hauch kühler Luft hineinwehte. Niemand machte Anstalten, die Tür zu schließen. Ich auch nicht. Kann mal einer die Tür zumachen? Die Frage kam von hinten links, oberstes Brett, kurz unter der Holzdecke. Eine Schwarzhaarige mit großen...na ihr wisst schon. Keiner rührte sich. Alle taten, als hätten sie nichts gehört. Ich auch. Ich saß zwar am nächsten an der Tür, war aber auch der Faulste. Aus den Augenwinkeln betrachtete ich die Rothaarige mit dem lila Handtuch eine Stufe unter mir. Die Farben passten nicht zusammen. Die beißen sich, hätte meine Mutter gesagt. Und meine Mama kannte sich mit Farben aus. Schließlich war sie Heimarbeiterin in Sachen Blumen auf Pullover besticken. Die Dame unter mir schien ziemlich selbstbewusst und hatte auch allen Grund dazu. Schlanke Beine, schmale Hüften, flacher Bauch und eine Oberweite von der Frauen und Männer gleichermaßen träumen. Die einen wollen sie haben und quälen sich dafür an den Maschinen ab. Die anderen wollen nur gucken und sich am Anblick freuen. Okay, vielleicht auch mal anfassen.

Dann kam ein Typ mit einem Buch herein. Ehrlich. Der hatte doch tatsächlich ein Taschenbuch in der Hand. Grünblauer Titel, mehr konnte ich nicht sehen. Erst schaute er nach rechts, dann nach links, ein kurzer Blick nach hinten, dann wieder nach links. Schließlich setzte er sich neben mich und schlug das Buch auf. Dabei atmete er tief ein und stöhnte laut aus. Eine Brille kam zum Vorschein, geparkt zwischen den Seiten 166 und 167. Umständlich setzte er das Horngestell auf die Nase. Dann rutschte er mit seinem Hintern vor und zurück, bis er die richtige Position erreicht hatte. Inzwischen waren seine Brillengläser beschlagen. Für einen Nu überlegte ich, ob ich ihm vorlesen soll. Der Gedanke gefiel mir. Er nackt. Ich nackt. Könnte ein Loriot werden. Doch er hatte den

Schaden schon selbst behoben und mit seinem Handtuch die Gläser entfeuchtet. Inzwischen hatten die Sanduhrstreithähne Freundschaft geschlossen. Gemeinsam schwammen sie zum anderen Ufer. Wieder öffnete sich die Tür. Herein trat ein ausländischer Mitbürger mit schwarzem Bart und ebensolchen Haaren. Obenherum. Untenherum war nichts zu sehen. Er trug eine Badehose. Auch in schwarz. Mit Ralleystreifen in gelb. Sah bescheuert aus. Die Badehose, meine ich. Die Rothhaarige schielte zu ihm hinüber. Er schielte zurück. Dann wurde ich abgelenkt. Der Typ mit dem Buch blätterte gerade eine Seite um. Eine Zeichnung war zu sehen. Unauffällig verdrehte ich den Kopf, konnte aber nichts erkennen. Inzwischen hatte fast die ganze Schwitzmannschaft die Sauna verlassen. Nur der Ralleystreifenmann und das lila Handtuch saßen noch da.

Irgendwie hatte ich das Gefühl, sie wollten und trauten sich nicht. Ich überlegte, ob ich ihm einen Tipp von Mann zu Mann geben soll. Tat es aber nicht. Warum auch? Jeder ist seines Glückes Schmied. Auch ein Spruch von meiner Mama. Stattdessen rutschte ich eine Stufe tiefer und lächelte dem Handtuch zu. Es lächelte zurück. Ich war im siebten Saunahimmel. Inzwischen saß ich schon gefühlte drei Stunden hier und glühte wie ein Dieselmotor. Schweren Herzens stand ich auf und kam prompt ins Stolpern. Kurz bevor ich in die Knie ging, ließ die Rothaarige ihr Handtuch fallen und fing mich auf. Ihr Griff war fest, ihr Lächeln köstlich und fast engel-haft. Was für ein wundervoller Tag...

Gleisdreieck

Ich saß auf einer Bank im Park Gleisdreieck. Links neben mir mein Rad. Wird am 12. Juni 200 Jahre alt. Nein, nicht meins, sondern das Fahrrad überhaupt. Der Karl Friedrich Christian Ludwig Freiherr Drais von Sauerbronn hat es 1817 erfunden. Ich hatte die Beine ausgestreckt, zwischen den Füßen ein Buch von Garcia Marquez und mein Fotoapparat. Die Hosenbeine flatterten im Wind. Ein Jogger rannte vorbei. Zum dritten Mal. Ich hatte schon eine witzigdumme Bemerkung im Mund, schluckte sie aber runter. Mein Humor kann manchmal erschrecken. Zum Beispiel am letzten Donnerstag. Da traf ich eine Freundin, nennen wir sie mal Annegret. Sie sah bezaubernd aus. Die blauweiß gestreifte Bluse stand ihr gut. Und was mache ich? Anstatt ihr zu sagen, dass sie gut aussähe und die Bluse ein optisch toller Hinkucker sei, frage ich doch glatt: Ist das Deine Sträflingskleidung? Erst schwieg sie, dann stellte sie fest, ich wäre schon mal charmanter gewesen. Das zu meiner Art von Humor. Aber ich habe mir vorgenommen, das Ding wieder auszubügeln. Man lernt nie aus und selbst ein Mann (nicht von mir) kann sich noch zum Guten ändern. Jawoll! Da fällt mir Heike ein. Nach einer kurzen Zeit gemeinsamen Weges stellte sie fest: Jeder ist zu etwas gut. Selbst du. Dich kann man immer noch als schlechtes Beispiel hinstellen. Ist etwa 40 Jahre her. Warum ich mir den Spruch gemerkt habe? Ich weiß es nicht. Aber ich schweife ab...zurück zum Gleisdreieckpark. Beim Anblick meiner Füße fragte ich mich, wo sie mich schon überall hingetragen hatten. Meist zum Auto hin und wieder zurück. Quatsch, stimmt gar nicht. Früher war ich ein strammer Jogger gewesen. Erst rund um den Lietzensee, dann quer durch das Lichtenrader Wäldchen und danach durch die Hasenheide. Offiziell belegt. Die Stasi war immer dabei. Als ich vor Jahren meine Unterlagen schaute, hatte ich es schwarz auf weiß. Sie haben mich zweieinhalb Jahre lang beschattet und abgehört. Ich las: Er joggt mehrmals in der Woche und hat sich ein Trimm-Fahrrad gekauft. Er will sich für seine weitaus jüngere Frau fit halten. Da waren die Kameraden von Horch&Guck ganz gut auf dem Laufenden.

Der Jogger rennt schon wieder vorbei. Zum vierten Mal und diesmal merklich langsamer. Ich schlage mein Buch auf und versuche zu lesen. Dabei fliegen mir irgendwelche Flocken um die Nase. Ich frage eine Frau mit Kinderwagen, ob sie wüsste, was das sei. Sie schaut mich komisch an und geht weiter. Das Baby fängt an zu grölen.

Ha, denke ich, das hat sie nun davon. Ganz hinten auf der Wiese liegt eine türkische Familie. Um sich herum den Haushalt einer Dreizimmerwohnung einschließlich Badezimmer. Sie grillen und es riecht verdammt gut. Am liebsten würde ich mich zu ihnen legen und vom Gegrillten naschen. Wieder kommt ein Kinderwagen. An der Lenkstange eine junge Frau aus Weißichnichtwoher. Sieht irgendwie südamerikanisch aus. Sie lächelt. Ich lächle zurück. Das Kind grinst. Ich fühle mich wohl. Irgendwie sind meine Augen plötzlich müde und als ich aufwache, sitzt der Jogger neben mir und schnauft. Ich stehe auf und treffe ein paar Meter weiter zwei ältere Türkinnen, schwarz gekleidet mit dicken Kopftüchern. Sie sammeln irgendwas von der Wiese auf und stecken es in ihre Alditüten. Ich frage, was sie da vom Boden zuppeln. Ruccola, sagt die eine. Ruccolo die andere. Egal. Ich weiß, was gemeint ist und ziehe mit dem Ratschlag der beiden, dass der Salat sehr gesund wäre, meiner Wege. Als ich zuhause in meinen Sessel sinke, denke ich: Mensch Rolfi, das war wieder mal ein schöner Tag.

Mein Schlafzimmer

Ich liege im Bett und schau auf die Wand. Sie ist grün. Morgen wird sie gestrichen. Das helle Grün wird dunkler. Passend zu den neuen Ikea-Schränken in schwarz. Keine große Sache, sollte man denken. Doch meine Gedanken schweifen ins Nirwana ab. Allein die drei Fotos an der Wand können Geschichten erzählen. Drei Schönheiten mit nur wenig an. Von mir fotografiert. Für einen Kalender. Das eine Bild hängt schief. Soll so sein, habe ich der letzten Besucherin meines

Schafzimmers erklärt. In Wirklichkeit war ich nur zu faul. Morgen werden die drei dort nicht mehr hängen. Da kommt eine Landschaft hin. Eine Allee im Nebel. Hat was Romantisches. Dann noch was Abstraktes, verschwommene bunte Lichtreflexe durch eine verregnete Autoscheibe geknipst. Beim dritten Foto bin ich mir noch nicht sicher. Könnte vielleicht ein Foto von mir selbst sein. Was Lustiges. Weiß aber nicht, wie ich mich fühle, wenn ich mich jede Nacht selbst beobachte. Könnte kritisch werden.

Der weiße Schrank links in der Ecke ist schon weg. Hat mein Nachbar abgeholt. Geschenkt wollte er ihn auf keinen Fall. Er drückte mir einen Fünfer in die Hand. Immerhin, zwei Cappuccino. Den Schrank konnte ich noch nie richtig leiden. Trotz dreier Bierdeckel unter dem linken Fuß, stand er schief. Außerdem stand er so dicht an der Wand, dass ich nicht mehr an den Lichtschalter kam. Aber im Dunkeln ist ja bekanntlich gut munkeln. In der rechten Ecke steht mein Bügelbrett. Selten benutzt und immer noch wie neu. Na ja, ein Brandfleck in Form des Umrisses meines gelben Bügeleisens hat sich eingebrannt. Das war an dem Tag, an dem auch meine neue Hose in gleicher Form gezeichnet war.

Dann fallen mir noch die Millionen Bücher ein, die in meinem selbstgebauten Regal (Lüge: es war mein Freund Rudi) stehen und die ich gelesen habe. Keine Pornos, hochkarätige Literatur. Mein Lieblingsschriftsteller Somerset Maugham war immer dabei. Zuletzt las ich einen Roman über das Darknet von Veit Etzold. Gruslig. Aber spannend. Böse Träume vorprogrammiert. Nicht zu vergessen die vielen populärwissenschaftlichen Sachen über das Weltall. Oft habe ich beim

Lesen nach rechts oben gekiekt und den Mond betrachtet. Die Tatsache, dass das Licht der Sterne Tausende oder gar Millionen Jahre zu mir unterwegs ist, fasziniert mich immer wieder. Keiner weiß also, ob die Sterne überhaupt noch existieren. Das heißt, wenn wir in den Himmel schauen, sehen wir nur die Vergangenheit. Dabei fällt mir ein, dass es auch Zeiten gab, in denen ich so mancher Dame versprach, ihr die Sterne vom Himmel zu holen. Ach herrje, was war ich für ein Lügner.

Das Schlafzimmer kann viel erzählen. Aber es schweigt. Es ist diskret. Fast wie Priester, Doktor oder Rechtsanwalt. Hier wurde geheult, gelacht und gelogen. Letzteres natürlich nur in bester Absicht. Manchmal stellten sich die Lügen auch erst hinterher als solche raus. Wenn die Leidenschaft verblasst und die Hormone der Realität gewichen waren. Du bist wunderbar, sagt es sich leicht im Schein des Mondes. Im Glanz der Sonne schmelzen diese Worte dahin. Hier wird gemunkelt und gekunkelt und so manche Frau, die mir ihre Liebe versicherte, stand danach auf, zog sich an und ging zu Freund oder Ehemann zurück. So ist das Leben. Ob sich daran etwas ändert, wenn meine Wand ab morgen dunkelgrün gestrichen ist?

Reisecenter

Meine ehemalige Schwiegermutter wurde 88 und alle kommen um 14 Uhr zum Essen. Jetzt war es 12 und ich war sicher, es zu schaffen. Schnell noch zum Ostbahnhof und meine Sparpreis-Bahnkarte zweiter Klasse wegen einer Interviewabsage zurückgeben. Es regnete. Gott sei Dank, das trifft sich gut, dachte ich. Nun muss ich nicht noch durch die Waschanlage fahren. Rauf auf den Parkplatz, Auto abgestellt und schon bin ich in der Bahnhofshalle. Leichter Schlenker nach rechts, ein Mann mit Rucksack und Vorsack, einem Wolkenkratzer-Rolli mit einer Tasche obendrauf und einer Extratasche unter dem Arm stürzte auf mich zu und fragte etwas. Ich verstand nur Bahnhof, im wahrsten Sinne des Wortes. Der Koffermann hatte Schlitzaugen und sprach auch so. Nix verstehen. Er tat mit leid. Im Reisecenter war die Hölle los. „Neues Aufrufsystem. Bitte ziehen Sie eine Nummer." Ich zog die 1164. Eben wurde die Nummer 1150 anzeigt. Scheiße, dachte ich. Das mit dem Schweinbraten bei Schwiegermutter könnte in die Hose gehen. Ein Baby schreit. Der Kinderwagen wackelt wie ein Traktor. Die junge Mutter beugt sich über ihr Baby, was zur Folge hatte, dass alle im Reisecenter ihren halben nackten Hintern sahen. Ich schaue wie gebannt auf den Monitor. Nichts rührt sich. Keine neue Anzeige, kein Dingdong. Ich schaue zu den Schaltern. Drei sind offen. Ein Dicker, eine Halbdicke und eine Schlanke bedienen die Kunden. Ich wette mit mir selbst, wer mich beglücken würde. Das mache ich oft. Damit ist realistischer wirkt, wettet meine linke Hand gegen die rechte. Während ich noch beim Wetten bin, rast ein Pferdeschwanz mit Rolli an mir vorbei. Knapp entgehe ich einer Katastrophe. Der Chinese neben mir, der mit dem Wolkenkratzer, hat weniger Glück. Es rappelt im Karton. Die beiden beschimpfen sich. Sie auf berlinerisch, er auf wasweißichdenn für eine Sprache. Klingt lustig. Zu allem Unglück gesellt sich auch noch ein Minihund dazu. Einer von denen, die man in die Hosentasche stecken kann, wenn er frech wir. Der Streit hört

hört auf, der Mini kläfft. Dingdong...1161. Die Zeit vergeht rasend schnell. Unter dem Monitor knutscht ein Pärchen. Der Köter hört auf zu kläffen. Dingdong...1162. Keiner steht auf. Alles schaut gespannt auf den Monitor. Dingdong 1164. Ich bin verblüfft. Da fehlt doch eine Nummer zwischendurch. Egal, Hauptsache, ich bin endlich dran. Schalter zwei, die Halbdicke wartet auf mich. Meine linke Hand hat die Wette verloren. Oder war es die rechte? Ich weiß es nicht mehr. Zu viele Dingdongs lagen dazwischen. Sie ist freundlich. Viel freundlicher, als ich es erwartet hatte. Ich möchte mein Ticket zurückgeben, erkläre ich. Sie nickt. Dann streikt der Computer. Das macht er öfter, meint sie freundlich. Nach sieben Versuchen strahlt sie immer noch. Beim achten Versuch werden mir 110 Euro auf mein Konto gutgeschrieben. 4 Euro 50 mehr, als mir zustehen.

Soll mir recht sein. Der Köter kläfft mich an, als wolle er mir sagen, ich sei ein Betrüger. Ich sage Idiot zu ihm. Verblüfft hört das Gebelle auf. Na also, geht doch...

Der Spiegel

Die Übung ist ganz einfach. Man schließt die Augen, wenn man vor dem Spiegel steht. Was man dann sieht, ist nichts. Und das ist manchmal allemal besser als das, was es zu sehen gäbe, schlösse man die Augen nicht. Kinder, die für den Spiegel noch nicht groß genug sind, ziehen sich in ähnlichen Situationen die Bettdecke über den Kopf. Funktioniert wunderbar. Aber man darf nicht älter als drei Jahre werden. Manch einer denkt, das Augenverschließen funktioniert auch im späterem Leben „gut" und glaubt unangenehmen Dingen dadurch aus dem Weg zu gehen. Man nennt es auch, die Dinge unter den Teppich kehren. Doch, nehmen wir nun einmal an, der Mist, den wir unter den Teppich schieben, erreicht eine gewisse Höhe, die uns am Laufen behindert. Erst unmerklich, dann ein bisschen mehr und schließlich fallen wir auf die Schnauze. Der Berg war zu hoch. Wie einfach wäre es doch, den Teppich flach zu halten oder ihn an die Wand zu hängen und sich an seinem schönen Muster zu erfreuen. Man findet in jeder Sprache die richtigen Ausdrücke, die das Leben leichter machen könnten... Da gibt es zum Beispiel die Leichen im Keller. Das sind jene Ungeheuer, über die keiner spricht, die jedoch am Handeln hindern. Die stinken irgendwann so gewaltig, dass man einen großen Bogen machen muss. Wenn es gar zu schlimm wird, kann man auch umziehen. Natürlich nicht wirklich und nicht physisch. Man kann sich eine neue Arbeit suchen, wenn es Auseinandersetzungen mit dem Chef gibt. Man kann sich eine andere(n) Frau/Mann suchen, wenn es Streit gibt. Man kann auch den Nachbarn erschlagen, weil...aber das würde jetzt doch etwas zu weit führen. Wer redet schon gerne über seine schlechten Seiten. Nee, unter den Teppich damit, Augen zu oder als Leiche im Keller lassen. Wieviel entspannter ist es doch, Freunde zu haben, denen man nichts verschweigen muss. Egal, um was es geht. Vielleicht hat der eine mal ein Fahrrad geklaut oder schlecht über einen anderen geredet. Vielleicht tut man Dinge, für die man sich schämt, ist fremdgegangen, hat eine zu hohe Rechnung ausgestellt oder das Finanzamt beschissen. Oder man hat Wünsche, von denen man glaubt, sie nicht haben zu dürfen. Mit Freunden reden entspannt und hilft weiter. Wer keine Freunde hat, sollte sich mal fragen, warum? Etwas ändern, statt zu klagen. Eine gute Option. Die Katholiken gehen zur Beichte, damit die Teppichkante sich nicht allzu hoch wölbt. Vergebung und Verzeihen, zwei wundervolle Worte. Doch um in diesen Genuss zu kommen heißt es: Augen auf und ehrlich sein. Und nicht Augen zu und durch. Es gibt genug tolle Sprüche, die man sich als Magnet an den Kühlschrank hängen kann. Aber das reicht nicht. Man liest, strahlt, reckt sich in die Höhe und...genau. Danach kommt das Schlimme...sich dran halten. Ach Du Scheiße, darf man dann ruhig sagen. Hauptsache man tut es.

Der Balkontisch

Eben war ich auf meinem Balkon. Ziemlich kalt und ungemütlich. Hatte mir vor drei Monaten bei Ikea einen Tisch gekauft. Kein Ding mit Beinen, sondern mit Bügeln, um die Platte über die Brüstung zu hängen. Irgendwas hatte ich wohl falsch gemacht. Jedenfalls ist die Platte ziemlich schräg, sozusagen ein Tisch mit Steigung. Sieht irgendwie lustig aus. Ist aber verdammt unpraktisch. Das ist auch der Grund, weshalb ich ihn noch nie benutzt habe. Also, ich stehe auf meinem Balkon und denke, dass es sich zu dieser Jahreszeit auch nicht mehr lohne, den Schrägtisch zu richten. Das hat Zeit bis zum nächsten Lenz. Wie ich da so stehe und mir meine nächsten Schritte überlege, rauschen unter mir zwei Schönheiten vorbei. Na ja, rauschen ist zuviel gesagt, sie joggten gemäßigten Schrittes den Weg in der Hasenheide entlang. Aus dem Gebüsch lugte ein Fuchs hervor und sah ihnen verwundert hinterher. Apropos Fuchs. Wusstet ihr, dass in Berlin mehr Füchse leben als im Wald? Berlin hat sogar einen Wildtierbeauftragten. Dirk Ehlert ist ein Mann der Tat. Mit Taschenlampe und Wanderschuhen zieht er durch die Stadt und hat schon die erstaunlichsten Tiere gesehen. Ein Wildschwein am Alex, ein Marderpärchen, das sich an der manipulierten VW-Software zu schaffen machte und Waschbären, die sich zwar nicht waschen aber heftig viel Lärm auf Dachböden machen. Zurück zu den Joggerinnen. Scheinbar war ihnen direkt unter meinem Balkon die Luft ausgegangen. Gleichmäßig japsten sie vor sich hin, beugten die Rümpfe nach vorn und nach unten und atmeten tief und heftig aus. Gesund hörte sich das nicht an. Aber es war interessant, ihnen zuzuschauen. Die eine schwitze im lila Trikot, die andere schnaufte in Schwarzweiß und blauem Stirnband. Ich selbst spitzte Augen und Ohren. Schwarzweiß hatte sich inzwischen mit der linken Hand auf ihre Freundin gestützt, das rechte Bein gewinkelt und mit selbiger Hand den Fuß gepackt. Sie kam ins Trudeln, packte mit beiden Händen das lila Trikot. Es ratschte. Der Fuchs zuckte zusammen. Der Riss ging von rechts oben nach links unten. Das 119 Euro-Trikot sah leidend aus. Aber auch lustig. War es aber nicht. Nur ein glücklicher Zufall bewahrte die beiden vor einen Sturz ins Warenlager des Dealers, der hier seinen „Laden" hatte. Der Fuchs lächelte. Ich auch. Nachdem sie das Gleichgewicht wiedergefunden hatten, umarmten sie sich. So nach dem Motto: Das haben wir aber gut gemacht. Ein Radler fuhr vorbei und meinte, sie sollten lieber ins Gebüsch gehen, als auf öffentlichen Wegen zu fummeln. Beide zeigten ihm den Stinkefinger. Sinchron, als hätten sie es tagelang geübt. Männer sind doch nur blöde, stellten sie fest. Ebenfalls synchron. Bevor sie weiterliefen, vertieften sie ziemlich lautstark ihre Erfahrungen mit Männern. Lutz glaubt doch tatsächlich, ich würde jeden Tag für ihn kochen, grinste dass blaue Stirnband und ihre Freundin schüttelte das Blondhaar. Weiß der überhaupt, dass du gar nicht kochen kannst? Dem Fuchs wurde es zu blöd und er verschwand hinter der Hecke. Das Handy von der, die nicht kochen kann, klingelt. Nein Schatzi. Ich kann jetzt nicht. Na klar würde ich gerne für dich kochen. Bin aber noch mitten in einer Besprechung mit meinem Chef. Ja...ich Dich auch. Dann liefen sie Hand in Hand in Richtung Cafe.

Das ist Neukölln...

Der Busengrabscher

Vor einiger Zeit klingelte das Telefon und eine weibliche Stimme fragte mich, ob ich der Rolf sei, der in den Fünfzigerjahren in der Wrangelstraße gewohnt habe. Genau der bin ich. Mensch, schrie die Stimme mir ins Ohr, dann warst Du der erste Mann, der mir an die Titten gefasst hat. Wirklich, genau so hat sie es gesagt. Hallo Rita, begrüßte ich sie daraufhin. Wir lachten und die Fragerei ging los. Weißt du noch? Na klar. Es war im Kino in der Oppelner Straße zu irgendeiner Mittagsvorstellung für Ostberliner. Statt schulische Theorie, praktisches Leben,. 25 Pfennig Eintritt inklusiv Gegrabsche unter den Pulli. Ich muss so um die 14 gewesen war und es war für mich das erste Mal. Statt Schule fummelten wir in der letzten Reihe rum. Wahrscheinlich habe ich mich Millimeter für

Millimeter vorgetastet, Schweißhände gehabt und mich gefühlt wie ein Draufgänger. Dann passierte jahrelang nichts mehr auf diesem Gebiet. Ich war ein Spätzünder. Von Rita habe ich seit diesem Telefonat nichts mehr gehört. Vielleicht habe ich mit 14 etwas falsch gemacht und blieb lediglich eine traumatische Erinnerung aus ihrer Jugendzeit. Ritas Vater war Arzt und ihr Bruder Gerd konnte nicht Radfahren. So sehr wir uns in der Clique auch bemüht hatten, es ihm beizubringen. Er lernte es nie. Einmal fuhr gegen einen BVG-Bus. Einen Doppeldecker. Dazu gehört schon was, so ein Ding zu übersehen. Ein andermal fuhr er fast einen Ostberliner VoPo um, der in Treptow auf dem Radweg stand und uns kontrollieren wollte.

Im Moment sitze ich auf meinem Balkon und denke nach. Zum Beispiel darüber, was für eine Art Mensch ich bin. Sagen wir mal so: Ich bin schon ganz in Ordnung. Aber es gibt immer Dinge, die verbesserungswürdig sind. Zum Beispiel regelmäßig mein Auto waschen und innerlich putzen. Eddi, Reginas Hund, verliert immer eine Menge Haare. Aber ich denke praktisch. Wenn er Montag den Sitz vollhaart, ich Dienstag sauge und er am Mittwoch wieder fusselt, wo liegt der praktische Nutzen? Denke ich nun ökonomisch oder bin ich einfach nur faul? Solche und ähnliche Fragen beschäftigen mich zuweilen. Ich komme mir öfter mal auf die Schliche. Manchmal freut mich die Erkenntnis und manchmal stichelt es dort, wo sie sitzt. Ab und zu tue ich auch Dinge, von denen ich im Voraus schon weiß, dass sie nicht gut ausgehen. Nun frage ich mich, warum? Bin ich ein ganz Harter? Ich glaube, Epikur hat mal gesagt, um beständig glücklich zu sein, musst Du oft auf das momentane Glück verzichten. So weit, so gut. Kann ich nur beipflichten. Aber manchmal tue ich trotzdem genau das Gegenteil weil es Spaß macht...

Suchen lohnt

Vor ein paar Tagen suchte ich ein bestimmtes Buch. Den Titel wusste ich nicht mehr, aber ich war guter Dinge, zumal ich den Umschlag ziemlich deutlich vor mir sah. Das erste, was mir auffiel, war der Staub auf den Regalbrettern. Gut sichtbar auf Billy in schwarz von Ikea. Vier Stück habe ich davon. Alle vollgepackt mit Literatur. Manche zweireihig hintereinander, einige gestapelt, die meisten nicht geordnet. Aber gerade das ist ja das schöne an so einem Regal. Es sieht umso intellektueller aus, je mehr Chaos herrscht. Um es gleich vorweg zu sagen, das Buch fand ich nicht. Aber jede Menge Erinnerungen beim Sichten der anderen. Da stand doch immer noch das Taschenbuch über James Dean, dem Helden aus meiner Jugendzeit. Seit etwa 55 Jahren wird das Buch bei Woolworth am Kottbusser Damm vermisst. Es ist sozusagen von mir fortgetragen worden, an der Kasse vorbei, ohne zu bezahlen. Ich weiß noch wie heute, wieviel Schiss ich hatte, erwischt zu werden. Ich spürte den Griff des Kaufhausdetektivs förmlich im Nacken, sah mich im Knast, in Dunkelhaft und schämte mich, Schande über meine Familie gebracht zu haben. Trotzdem war ich stolz auf mich und auf meine kleine Heldentat: Ich hatte geklaut. Ich war ein richtiger Kerl. So wie James Dean. Weitere Diebstähle unterließ ich. Nur dass ich mit einigen Kumpels hin und wieder mal die

Preisetiketten an den Sonnenbrillen umgewechselt habe. Teuer gegen billig. Am anderen Ende des Regals steht ein zehn Zentimeter hoher Minibriefkasten der Post. In Quittegelb und abgegriffen. Irgendjemand hatte mir das Ding mal geschenkt. Es hat einen Schlitz und war als Sparbüchse gedacht. Ich schüttelte, es klimperte und klapperte. Scheine sind nicht drin. Die klappern schließlich nicht und ein großer Sparer war ich noch nie. Mir liegt das Ausgeben mehr im Blut. Bei dieser Gelegenheit fiel mir der tönerne Mecki von der Hör zu ein. Ein Trostpreis bei einem Preisausschreiben. Ist schon ulkig, sich an Dinge zu erinnern, die heute undenkbar sind. Den Mecki habe ich vor vier Jahren mal einem Freund geschenkt, den wir Mecki nennen. Er wurde operiert und der Igel sollte ihm Glück bringen. Tat er auch. Seitdem wandert der Igel reihum, immer wenn einer im Krankenhaus liegt, steht der Igel auf dem Nachttisch und bringt Zuversicht.

Ganz oben auf dem Regal die „Sternstunden der Chemie". Spannende Geschichten um berühmte Wissenschaftler. Dasselbe noch einmal aus dem Reich der Physik. Bildung muss schließlich sein. Auch wenn sie nur oberflächlich ist. Dann meine eigenen Werke. „Lebensdummheiten und andere Weisheiten" neben der Zillebiografie und „Der Pickel und andere Alltäglichkeiten". Dann der Hammer. Das „Juristisches Handbuch", Geschenk einer Staatsanwältin, einer Affäre zwischen der Tiefe des Mariannengrabens und dem Gipfel des Mount Everest. Mein lieber Mann. Da ging die Post ab. Gleich daneben ein kleines Büchlein über das Reisen und ein Bildband über Jerusalem. Zwei Geschenke meiner Exfrau Regina. Bücher, die ich immer wieder gerne durchblättere. Jerusalem steht auf meinen Reiseplan. Die Stadt, in der Gott gleich dreimal wohnt, soll die Reportage heißen. Ganz hinten ein Reclamheft „Aus dem Leben eines Taugenichts". Vorn ein Blümchen und Kuss draufgemalt.

Zwischen den Büchern ein Strafbefehl. Zum Glück schon bezahlt. Eine nicht abgeschickte Postkarte an eine Clara, von der ich nicht mehr weiß, wer das gewesen ist. Ein Fotoalbum aus der Zeit, als man Abzüge noch mit Fotoecken auf grauem Papier festklebte. Ich mit acht oder neun auf den Quietschen, irgendwelche Felsbrocken im Harz in der Nähe von Torfhaus. Da musste ich mit meinen Eltern Urlaub machen. Unser Motorrad war so schwer beladen, dass Mama bei Bad Harzburg aus dem Beiwagen steigen und den Berg rauf laufen musste. Papa und ich sind gefahren. Mein Vater, weil er einen

Führerschein hatte und ich, weil meine Mama glaubte, ich wäre zu schwach. Ich habe nicht widersprochen.

Dann fast alles von Somerset Maugham und einiges von Simenon. Zwischendurch stieß ich auf den Staubwedel und benutzte ihn. Hinter einigen Büchern ein kleines dunkles Ledermäppchen mit Liebesbriefen und Gegenteiliges der gleichen Damen. So ist das Leben. Jedenfalls das meine.

Als letztes fand ich „Männer der Weltgeschichte". Da steh' ich aber noch nicht drin...

Yolanda

Vor ein paar Tagen war Yolanda bei mir. Sie ist 25 und meine mittlere Enkeltochter. Da sie die Mittlere ist, heißt das naturgemäß, dass ich drei Mädels habe. Genau! Morgana ist knapp 27 und Louise fast 18. So, dass kurz zu unserer Familiensaga. Also, Yo und ich saßen auf dem Balkon und aßen Selbstgemachtes. Von mir. Sie sagte, es schmecke ihr. Ich schaute sie an, um mich zu vergewissern, ob da etwas Ironie im Spiele sei. Ich erinnerte mich an ihren Vater, was mein Sohn ist, der, wenn er von der Schule kam und ich geochte hatte, meinte, es würde außerirdisch schmecken. Nun ja. Damals war ich viel jünger und konnte gerademan Salz von Zucker unterscheiden. Heute koche ich oft und gern auch kreativ. Was nicht immer von Erfolg gekrönt ist. Man sagt mir jedoch einen gewissen Mut nach. Aber experimentieren liegt mir. Nicht nur in der Küche. Neulich wollte ich Griesbrei kochen, hatte aber keine Vollmilch. Also schnappte ich mir selbstbewusst den Rest Buttermilch aus dem Kühlschrank, sah, dass heute das Verfalldatum war und freute mich über mein Glück.

Herd an, Kasserolle druff und den Inhalt der Tüte reingekippt, Gries und Honig hinterher. Die Freude währte kurz. Irgendwie passte alles nicht zusammen. Es störte sozusagen die Geschmacksharmonie. Aber mit Yo auf dem Balkon, schmeckte es super. Es gab Salat. Kreativen Salat. Wer möchte, kann gerne das Rezept bekommen. Die Geranien strahlten in rot und rosa, Männertreu in blau munkelte falsche Tatsachen vor und die Tomaten dufteten aus dem Balkonkasten. Die Katze von gegenüber schlich auf dem Balkon herum. Ein Netz verhinderte das Jagen nach dem Eichhörnchen auf der Kastanie. Alle fühlten sich wohl. Ein paar Fußgänger bummelten den Parkweg entlang, ein Liebespaar knutschte herum und kümmerte sich nicht um die Zuschauer. Für die Show könnten die Eintritt nehmen, grinste Yo. Ich lachte. Die Vorstellung fürs Knutschen Geld zu bekommen gefiel mir. Dann gewann der Opa in mir die Oberhand. Wenn die Tomaten reif sind, mach ich uns einen Salat, versprach ich meiner Enkeltochter. Von den paar Dingern werden wir nicht satt, Opilein. Okay, sagte ich, dann gehen wir eben zum Inder. Als sich Yo verabschiedete, meinte sie, ich müsse mal wieder zum Frisör.

Es war kurz nach 17.00 Uhr und zehn Minuten später saß ich bei Heidi im Salon auf dem Stuhl. Heide ist Türkin, kommt aus Istanbul und warum sie Heidi heißt, weiß ich nicht. Kurz nach mir kam der Ventilator. Ich nenne ihn so, weil er beim Erzählen mit den Armen rumfuchtelt und alle Leute damit nervös macht. Er verriet mir, dass er jetzt Honigbienen züchte. Auf dem Dach, mitten in der Stadt. Ich fragte mich, wie die Bienen auf seinen außergewöhnlichen Bewegungsdrang reagierten. Mit neuer Frisur verließ ich Heidis

Laden und wusste nicht so recht, wie ich den Abend verbringen soll. Sofa war gestern, heute wollte ich was erleben. Ich ging zu Edeka. Ich holte Kaffee, ein Sonderangebot von Melitta in hellgrün. Gibt es auch in dunkelgrün. 3 Euro 58. Ich kaufte gleich drei Pakete. Sechs Euro gespart. Also gleich nebenan in den Delfin und Cappuccino getrunken. Geld muss unter die Leute gebracht werden. Nach zwei Stunden auf der Terrasse, einem gelösten Kreuzworträtsel und einem längeren Plausch mit Mia, war ich total erschöpft. Es war nichts Dolles passiert. Aber es war mal wieder ein schöner Tag....

Eduard

Eduard hat's gut. Er bekommt regelmäßig das Essen serviert, die Getränke auch und er darf so lange schlafen, wie er will. Und kommt er irgendwohin, wird er immer freundlich empfangen. Eduard, kurz Eddi, ist ein Hund. Genauer gesagt, eine Französische Bulldogge und gehört zu Regina. Sie pflegt und hegt ihn, geht mit ihm auf den Hundespielplatz, marschiert durch den Wald und steckt ihm Leckerchen zwischen die Zähne. Eddi weiß das zu schätzen. Manchmal jedenfalls. Nur wenn man mit ihm redet, versteht er immer Bahnhof. Eduard ist taub. Mit anderen Worten, der Schwarzweiße hört nichts. Wie gesagt. Eddi hat's gut. Hin und wieder habe ich schon mal gedacht, er tut nur so. So stelle ich mir manchmal vor, wie es wäre, wenn ich mich in bestimmten Situationen taub stellte. Ich parke falsch, die Politesse kommt, zückt den Block mit den Gutscheinen und erklärt mir mein Vergehen. Ich schaue sie nur mit großen Augen an. Sind

Sie denn taub? Fragt sie und ich sage laut und deutlich JA. Oh Gott, falscher geht's nun wirklich nicht. Also ein schlechtes Beispiel für einen zu erwarteten Vorteil. Dann denke ich mir aus, ich würde beim Autofahren mit dem Handy telefonieren und ein Blaulicht hält mich an. Nee, telefonieren geht auch nicht. Schlecht für einen, der auf taub machen will. Als Kind klappte das viel besser. Wenn meine Mutter mich aufforderte den Müll runterzubringen, tat ich so, als höre ich das nicht. Wenn sie aber fragte, ob ich die Schüssel mit den selbstgemachten Streuseln auskratzen wolle, hatte ich Ohren wie ein Luchs. Taubsein kann also Last und Freude sein. Neulich parkte ich mal wieder falsch. Zwei Räder auf dem Steig des Bürgers. Sozusagen nur halbfalsch. Eine Frau kam aus dem Haus und schüttelte missbilligend ihren frisch geföhnten Kopf. Sie blieb stehen. Ich auch. Sie schaute zur Einfahrt und erklärte, ich würde ihren Mann bei der Ausfahrt behindern. Schließlich fahren wir einen Opel Omega. Aha! Ich gab mir wirklich Mühe ihre Logik zu verstehen. Es gelang mir nicht. Erstens war jede Menge Platz und zweitens wusste ich nicht, warum sie ihren Omega erwähnte. Das wäre genau der richtige Moment gewesen, mich taub zu stellen. Aber nein...ich hörte, reagiert und die Dame wurde laut. Was mich zu einem, aus meiner Sicht, sehr lustigen Spruch veranlasste. Wie gesagt, aus meiner Sicht. Ich fragte, ob sie einen Omega mit Beiwagen führen. Wie gesagt, ich fand das lustig. Danach stellte ich mich taub. Aber jeder in der Hasenheide hörte nun aus ihrem Munde, wie unverschämt und frech ich sei. Ich hätte keinen Respekt vor dem Alter. Das fand ich nun wirklich lustig. Die Dame, die sich nicht wie eine solche benahm, war mindestens zehn Jahre jünger als ich. Ich nahm das mal als Kompliment. Jetzt mache ich Schluss. Mir wird zu heiß. Ich gehe mit Eddi in den Wald, der hört mir nämlich zu ohne zu widersprechen...

Aktivistin Gisela

Gestern traf ich Gisela. Ja, sie heißt wirklich so. Gisela ist 33 und von Beruf Vollzeit-Aktivistin. Gisela sieht auch gut aus. Aber das darf man ihr, und als MANN schon gar nicht sagen. Gisela empfindet eine Menge diskriminierend, was ich als normal empfinde. Deshalb sind wir auch kein Paar geworden. Jedenfalls nicht längerfristig. Ihr neuester Trip heißt Genderforschung. Und auch das in Vollzeit. Sie meinte, ich solle bei meinen Texten mehr auf Gleichberechtigung in der Sprache achten. Aha! Auf meine Frage,

wie meinsten das, zog sie die Brauen hoch.
Was so viel wie, nicht einmal das weißt Du,
bedeutet. Du musst dich mal sachkundig
machen, meinte sie. Ihr du musst, ging mir
auf die Eier. Oder wie Gisela sagen würde
Eia. Das ER am Ende wäre doch einwandfrei
männlich und müsse neutralisiert werden.
Das Gleiche gelte auch für den Drucka (ER).
Ich schmunzelte. Sie deutete mein Grinsen
als Abwertung ihrer These. Giselas 1 Meter
66 strafften sich und sie kam mir bedenklich
nahe. Du bist ein Ignorant, sagte sie und
tippte bei jedem Wort mit dem Mittelfinger
gegen meine Brust. Wir brauchen Ampel-
frauen statt Ampelmännchen, zischte sie lau-
ter als der Feierabendverkehr. Mich ritt wohl
ein kleines Teufelchen, als ich scheinheilig
fragte, ob dies ebenso für die Silbe EHR in
VERKEHR (VERKA) gelten solle. Da müsse
sie ernsthaft drüber nachdenken und als In-

put in die Arbeitsgruppe „Feministisches Sprachhandeln" einbringen. Aha! Mir fiel eine Begebenheit ein, die mindestens 30 Jahre zurücklag. Demo auf dem Kudamm. Alles Frauen und ich mit meiner Kamera mittenmang. Obwohl sie alle in unergründlichen Gewändern oder Schlapperpullovern gehüllt waren, sagte ich zu einer Rothaarigen in Sackleinen, dass sie gut aussähe. Sie schrie wie eine Furie und ich rannte weg. Sie und ein paar andere mit Fackeln in den Händen hinterher. Ich rauf auf eine Laterne. Wie gesagt, ich war dreißig Jahre jünger und hatte noch keine künstliche Hüfte. Den braten wir die Ei(a) grölten sie und hatten ihre Freude dran, mich im Vorhof der Hölle schmoren zu sehen. Zwei Polizisten eilten mir zu Hilfe und alles ging noch mal gut. Nun stand ich also neben Gisela und grinste. Erklären wollte ich ihr nichts. Das hätte nur zu stundenlangen

Diskussionen ohne Ergebnis geführt. Eine Fackel hatte sie auch nicht dabei, was mich beruhigte. Studentenwerke müssten in Studierendenwerke umbenannt werden. Es klang wie ein Befehl. Man müsse auch, so erklärte sie ernsthaft, typisch männliche Wörter wie DER DOKTOR mit einem X enden lassen. Wem DOKTOX nicht gefiele, der könne alternativ auch ein @ statt X schreiben. Ich war sprachlos und überlegte, wie solches auszusprechen sei. Ich schaute wohl ziemlich dumm aus der Wäsche, denn ein kleiner Bengel lief an uns vorbei und streckte mir die Zunge raus. Na Bravo, dachte ich, selbst der nimmt dich nicht ernst. Ich fragte sie, wie es denn mit den Wörtern Türöffna, Computa oder Mülla sei. Bei Mülla stutzte sie. Denn Giselas Nachname war schlicht und ergreifend MÜLLER... Noch einmal tippte sie mir wütend mit dem Mittelfinger auf gegen die Brust, nannte mich einen Vollidioten und verschwand. Diesmal streckte der Junge ihr die Zunge hinterher. Ich freute mich...

Stromklau

Ein Brief an die Firma Vattenfall.

Sehr geehrte Frau Vattenfall, sehr geehrter Herr Vattenfall, ich war immer der Meinung, die Schweden seien ihrer nordischen Herkunft wegen von kühlem Verstande. Nun sind mir erste Zweifel gekommen. Auf Grund einer falschen Information teilte man mir mit, ich besitze keinen Stromanschluss und demzufolge könne man mich auch nicht mit demselbigen beliefern. Doch siehe da: Schalter an...Licht an. Fernseher an und schon war der Tatort im Wohnzimmer. Wie wunderbar, dachte ich. Nach einigen Jahren bemerkten Sie den Irrtum und verlangten Nachzahlung. Okay, dachte ich, ganz schuldlos bist Du schließlich nicht. Vattenfalls und ich trafen eine Vereinbarung. Die Hälfte sofort, den Rest mit monatlich 183 €. So weit so gut. Ich entschied mich für die Zahlung zum 30. am-Monatsende. Ich war glücklich, die Vatten-falls auch. Ich tätigte einen Dauerauftrag, wurde an jedem Monatsende um 183 € är-mer. Letzte Woche erhielt ich einen Brief aus Ihrem Hause mit der Aufforderung die Restsumme sofort zu begleichen. Oho, dachte ich, dies könne nur ein klitzekleiner Fehler sei und rief den Kundendienst an. Es war der 13. April 2015, 13.50 Uhr. Frau Da-niela P. teilte mir mit, ich hätte mich nicht an die Vereinbarung gehalten und sei mit einer Rate in Verzug. Mein Kontoauszug bewies allerdings das Gegenteil. Nein, hörte ich, im

Oktober 2014 sei das Geld statt am 30. erst am 31. eingegangen. Das wäre eine Vertragsverletzung. Sie scherzt, die Frau P., dachte ich. Doch mitnichten. Sie würde, versicherte mir Frau P., meinen Fall jedoch noch einmal prüfen lassen. Dann ein neuer Brief: Wegen Vertragsbruch sofort zahlen...sonst. Das Sonst hörte sich nicht gut an und beinhaltete die Drohung, mir den Strom zu sperren. Ich im Dustern und ohne Tatort. Seitdem frage ich mich, ob in Schweden die Uhren anders gehen. Ich kann nicht glauben, dass ich, weil ich einen Tag später, als von ihnen erwartet, gezahlt habe, einen Vertragsbruch begangen. Und das fällt erst fünf Monate später auf? Ach ja, was ist eigentlich mit dem Monat Februar. Der hat bekanntlich 28 Tage und somit zahlte ich zwei Tage zu früh. Hätte ich nun nicht noch einen Tag gut? Aber ich will nicht kleinlich sein. Es würde mich freuen, wenn Sie alles noch einmal überdenken und mich brav mein monatliches Sümmchen weiterzahlen lassen. Der Tatort wäre gerettet und sie hätten ein gutes Werk getan und mein Weltbild über die Schweden wäre wieder grade gerückt...

Mit freundlichen Grüßen Rolf Kremming

Ein Tag in meinem Leben

Die meisten Tage enden so, wie sie angefangen haben. Nämlich gut! Gestern zum Beispiel. Ich wache auf, bin erfrischt und schaue als erstes durchs Fenster in Richtung Päpstliche Botschaft. Die Sonne lacht, ich lache, der Papst wahrscheinlich auch. Ein Spatz zwitschert lautstark und hat eine Menge zu erzählen. Eine Spätzin gesellt sich, seines frohen Gesanges gelockt, an seine Seite. Ich überlege, ob mir das auch gelingen würde. Singen und Besuch bekommen. Ich kann es ja mal ausprobieren. Fenster uff, frische Luft in den Schlafsaal und dreimal tief durchgeatmet. Anschließend eineinhalb Kniebeugen. Der Tag hat schließlich erst angefangen und das vorzeitige Verbrauchen der Kräfte muss vermieden werden. Zähneputzen, Cafe kochen, duschen. Also das Übliche. Mein Telefon klingelt und ich gehe nicht ran. Ich betrachte es immer als eine freundliche Anfrage, ob ich Lust und Zeit zum Reden habe. Hatte ich, aber nicht für diese Anruferin. Ich weiß, dass jetzt einige grübeln werden, ob sie es vielleicht waren. Viel Spaß! Eine gewisse Portion Ungewissheit ist das Pfeffer im Leben. Nach Geklingel kam der absolute Hammer. Ich reparierte mein 50-Euro-Rad. Oder sagen wir mal so:

Ich zog die zwei Schrauben am Vorderrad fest. Ich bin kein großer Bastler aber jeder fängt klein an. Ich setze mich auf mein Raderl und will los. Der Sattel war nass und mein Hintern auch. Der erste kleine Misston des heutigen Tages. Doch der war schnell vergessen, als ich 100 Meter weiter abstieg und mich auf die Terrasse des Cafes Delfin setzte. Zeitung lesen, dummes Zeug mit Latif reden und Leute beobachten. Vier Mädels mit Kopftuch liefen lachend vorbei. Wahrscheinlich schwänzen sie die Schule. So einer war ich nie. Fast nie. Hat aber nicht viel genutzt. Trotz stetiger Anwesenheit hatte mein Zeugnis seine Tücken. Jedenfalls aus der Sicht meiner Eltern. Junge, was soll nur aus dir werden...? Das war keine Frage, das war eine Feststellung, die einen schlimmen Ausgang prophezeite. Ich fand mich allerdings immer ganz in Ordnung. Damals und heute. Später waren meine Eltern stolz auf mich. Mein Vater, weil ich mit 25 schon mehr verdiente, als er mit 53. Und meine Mutter schnitt alle Fotos und Artikel von mir aus der Zeitung raus und heftete sie in einem Leitzordner ab, den ich nach ihrem Tode im Regal fand. Dann kam R. ins Eiscafe. Ich kann ihn nicht leiden. Sein Leben besteht nur aus Trübsal und alle anderen sind schuld. Er ist Psychotherapeut und ich frage mich, was er Leuten rät, die so sind wie er. Ich tue so, als schlafe ich, zählte bis 25 und öffnete die wieder Augen. R. war weg. Gott sei Dank! In Anbetracht meiner guten Laune spendiere ich Lutz, dem Zeitungsmann, einen Cafe. Dann bin ich wirklich eingenickt. Waren vielleicht doch zu viele Kniebeugen gewesen. Hey Rolfi, höre ich eine Spätzin an meinem linken Ohr zwitschern. Sie heißt Anna, hat gute Laune und strahlt mich frech mit ihrem

Frühlingsquark-Make-Up an. Als sie geht, schwinge ich mich wieder aufs Rad und lege los. Rein in die Hasenheide, mit 180 Km/h an die Dealer vorbei. Berg runter, Berg rauf und über die Wiese. Hier treffe ich die nächsten Schulschwänzer. Sie spielen Fußball. Zwischen Mathe- und Biobuch steht der Torwart. Peng, nicht aufgepasst. Dreinull jubelt einer. Irgendwie geht der Tag zu schnell vorbei. Nachmittags hole ich meine beste Freundin Regina von der Arbeit ab. Sie freut sich, ich freue mich. Alles ist gut. Wir bestellen uns Nudeln. Sie ala Carbonara, ich mit Öl und Knoblauch. Da ich heute Morgen nicht gezwitschert habe, kommt auch wohl auch kein Besuch. Also noch eine Extraportion Aglio obendrauf. Später treffe ich vor der Haustür meinen Freund Harro. Er kommt grad aus der Sauna und fragt mich, ob ich Knoblauch gegessen hätte. Nee, wie kommstn daruff?

Er verdreht die Augen. Wir sitzen noch ein Stündchen im Valentin und filosofieren. Das Wort sieht komisch aus. Schreibe es doch besser mit Ph und das gleich zweimal. Philosophie. Sieht gut aus. Ich bin zufrieden. Der Krimi im Ersten ist super...ich schlafe ein.

Marc ist tot

Ich sitze mal wieder im Delfin. Die Sonne scheint. Endlich! Ich will meine Ruhe haben. Fühle mich noch ganz müde von der letzten Nacht. Husten und Schnupfen und ein paar Gramm Fieber. Ich leide. Doch die Gesellschaft neben mir, vertrieb alle Sandmänner dieser Welt aus meinen Augen.

„Prost"! 17 schwarze Hemden, schwarze Sakkos und schwarze Sonnenbrillen feiern Marcs Abschied von dieser Welt. „Er war ein Guter..." „Ja, er war ein Guter..." „Ja". Bevor das nächste „Ja, er war ein Guter" in den Männerchor einfallen konnte, standen 17 Bier und 17 Wodka auf dem Tisch. Elf Uhr früh, die Sonne schien. Die Gläser klirrten. Ein schöner Tag. Das Marc ihn nicht mehr erleben konnte, lag ebenfalls am Schnaps. Zuviel des Guten und dazu noch ein unaufmerksamer Autofahrer. Das Peng, als er auf der Motorhaube landete, war noch an der nächsten Ecke zu hören und verhieß nichts Gutes. Das war's!

Jetzt saßen seine Kumpels wie eine sizilianische Mafiafamilie da und zeigten sich seiner würdig. „Wenn ick mal sterbe, müssta saufen, bis die Pulle platzt." So hatten sie es ihm versprochen, mit Handschlag und allem

Drum und Dran. Nun saßen sie hier und erfüllten sein Vermächtnis.

„Prost"

„Lass mal die Kleene durch, ick will die von hinten sehen."

„Kieck nich so Fredi, die is noch Jungfrau." Fredis Augen hatten Mühe das Geschehen zu betrachten. „Son Quatsch, mit som Arsch is ma keene Jungfrau mehr. Allet klar?"

„Eh Alter, Du jehst mir uffn Sack." Der Alte war um die dreißig und hackevoll. Das machte sich dadurch bemerkbar, dass er versuchte in seinen eigenen Bart zu beißen, der in losen Fummeln an der Oberlippe hing. Einer telefonierte, einer schlief, einer rülpste. Der mit den roten Kreisen auf dem schwarzen Trauerhemd ruckte kurz hoch, stellte die Schultern grade und rief: „Halts Maul, du Arsch. Hier is ne Dame am Tisch."

„Noch mal 17 Wodka zum Klarwerden inne Birne." Das Lachen klang wie schepperndes Geschirr auf einer schleudernden Waschmaschine. Sein Baseball Cap, in schwarz und vom seltenen Waschen von einer grauen Schicht bezogen, rutschte über sein linkes Auge. Nachdem die Gläser verteilt waren, stand der Typ auf, drehte kurz an seinem Ohrring, als wolle er sich aufziehen und verkündete: „Auf Marc und Fritze."

„Ja, ja, auf die Drei lass ich nichts kommen", gluckste die Spiegelsonnenbrille und fing an zu schnarchen. Der letzte Wodkarest schlich sich im Zickzack an den Falten seines Hemdes entlang, kurvte über den Bauch, blieb abrupt wie vor einem Staudamm stehen und versickerte in den Tiefen des Bauches.

Prost!

Der mit der Stirnglatze und dem Rotzpopelbart erhob sich. Er war im Stehen kaum größer als im Sitzen. Der Irokese neben ihm, der das schwarz gefärbte Bild der Trauergemeinde durch seine gelben Haare zerstörte, lallte: „Du kriegst zwee Schnaps, vielleicht wächste denn noch." Als der Zwerg dem Irokesen gegen die Stirn tippte und meinte, sein Vogel brauche wohl Wasser, kuckte der ihn aus vier Augen an. Inzwischen lag Glatzes Kopf auf Spiegelsonnenbrilles Schultern. Beide schliefen. Typisch Blues Brothers.

„Nur die Besten sterben. Ehrlich, ick frach ma ehrlich, warum du noch lebst", lachte einer ganz hinten und zeigte auf den Zwerg. Der schnappte hörbar ein. Auch wenn er besoffen war, dieser Spaß ging ihm zu weit. Noch einmal stand er auf, trotz der zwei Wodka noch nicht gewachsen und zeigte sich von seiner frivolsten Art. „Wenn ick wollte, könnt ick Weiber haben, da könnta nur von träumen, sach ick euch." Dabei wanderte sein Blick in Richtung Kellnerin, die so tat, als hätte sie nichts gehört. Was den Bart-zwerg nun ermunterte, noch eine Kohle nachzulegen. „Ick hatte mal Eene, die war...."

„...noch kleener als Du...hahaha...det jeht doch janisch, denn wärse doch im Tun-nel jeloofen." Beleidigt knickten Zwergs Bei-ne ein und er setzte sich wieder. Sein Blick verriet zehn Bier und zehn Schnäpse. Kaum zu glauben, was alles in Einmeterfünfzig reingeht?

Prost

Der widerspenstige Karton

Gestern hatte ich gute Laune. Vodafon hat-te mir ein neues Handy geschickt, das alte war kaputt und sollte mit DHL zurück. Nun bin ich nicht der Typ, der gerne zur Post geht, sich in einer Schlange hinter der Absperrung „Intimzone" stellt und darauf wartet, mit unfreundlichem Blick heran gewinkt zu werden. Doch es musste sein. Ich fahre in die Bergmannstraße, Parkplatz vor der Tür. Heute ist mein Glückstag. Rein ins Gebäude, ich juble. Kein einziger Kunde vor mir. Die Halle ist menschenleer. Bis auf drei Postler, die vergeblich nach Kunden suchen. Vielleicht zählen sie aber die nicht verkauften Briefmarken. Die Ältere strahlt, ist wohl mit Zählen fertig. Ihr Kollege ist ein wenig dicklich, hat dunkelbraunes Haar mit blonden Strähnchen. Hinter dem Tresen fummelt er an irgendwas herum. Ich verkneife mir das Nachdenken. Na ja...Die Dritte ist jung und hübsch und schlank. Wahrscheinlich ein Post-Azubi mit Aufstiegschancen. Sie nickt, wobei ihr Busen wackelt. Ich begebe mich zum Stehpult und greife ein DHL-Paketset zum Selbstbasteln. Gar nicht so leicht, das Ding in die richtige Form zu kriegen. Irgendwie klappt es aber. Stolz lege ich das Handy ins Gebastelte. Der Deckel geht nicht zu. Die Schachtel ist zu flach. Ich zerlege den Karton und stelle fest, dass er sich nicht mehr an seine ursprüngliche Form erinnern kann. Ich schau nach links, ich schau nach rechts. Niemand beobachtet mich. Also lege ich das Teil schamvoll zur Seite und eine Zeitung drüber. Das nächste Set ist viel zu groß. Da passen mal eben locker ein Dutzend Mobiles rein. Egal, nur schnell weg von hier. Mit dem Zusammenbau klappt es noch schlechter als mit der kleinen Schachtel. Logisch, ist ja auch größer. Schiebe ich vorne, klappt das Ding hinten auf. Ziehe ich hinten , ratscht es vorne auseinander. So geht es eine Weile hin und her. Irgendwie finde ich Gefallen an diesem Spiel. Fühle mich um 60 Jahre jünger. Nach ein paar Minuten habe ich die Schnauze voll und wende Gewalt an. So wie damals als Zehnjähriger, der mit seinem ständig auseinanderfallenden Murmel-Pappkarton kämpfte. Ziemlich böse ratsche ich gefühlte 500 Meter vom braunen Post-Klebeband ab und umwickle den gelben Karton. Sieht irgendwie kunstvoll aus. Jedenfalls für mich. Nach Fertigstellung gucken noch zwei Laschen raus, die ich nicht erwartet habe. Schön sieht mein Werk nicht aus. Aber es fest und gut verklebt. Vor dem Intimzonenband stehen inzwischen 20 Leute und ich frage mich, wie lange meine Aktion gedauert hat.

Gardinenpredigt

Irgendein schlauer Keks hat mal gesagt, alle Dinge reden. Ich fand das ziemlich bekloppt und stellte mir vor, meine Gardine würde mir eine Predigt halten. Nun ja, das Wort Gardinenpredigt kommt ja schließlich irgendwo her. Allerdings denke ich in diesem Zusammenhang eher daran, was meine Mama sagte, wenn ich mal wieder nicht aufgeräumt hatte. Rolf, sagte sie, wie oft soll ich es Dir denn noch nicht sagen. Deine Unordnung ist nicht mehr zu überbieten. Einen Zahn schärfer wurde es allerdings, wenn sie den Satz mit...mit lieber Rolf begann. Das war sozusagen die Vorstufe zum Stubenarrest. Unsere Gardine zuhause hieß Store und war weiß. Store hing bis zur Erde nieder. Damit alles straff und mit ohne Falten war, hatte Mama im Saum Mini-Bleikugel eingenäht. Von wegen der Schwere und so. Als

Junge stellte ich mir manchmal vor, wie viele Kugeln Munition John Wayne, Audie Murphy oder Lee van Cliff sich daraus hätten machen können. Da ich mir aber niemals Westernfilme ansehen durfte, tat ich es ich heimlich und schwieg über meine Fantasien. Später, als ich ein eigenes Zimmer im Neubau mit Zentralheizung hatte, hing ich mir ein Laken vor das Fenster. Ich fand das dufte, oder wie es heute heiß, cool und geil. Ich war sechzehn, als mich Monika, die Tochter meiner Patentante, küsste. Mitten in der innigsten Umarmung sah ich das Gesicht meiner Mama, die vom Balkon aus in mein Zimmer peilte. Das Laken war zu schmal. Irgendwann kam dann die erste Wohnung. Mit Frau und Kind und eigener Gardine. Dafür Ofenheizung und das Klo eine halbe Treppe tiefer. Zum Entsetzen meiner Schwiegereltern, die ihre Tochter kurz vor der Verelendung sahen. Aus der Sicht des Besitzers eines 7-Zimmerhauses mit Terrasse, Garten und kleiner Kirche sehr verständlich. Aber das ist lange her. Seitdem haben viele Gardinen vor meinen Fenstern gehangen und es sind viele Predigten gepredigt worden. Die letzte erst vor ein paar Wochen. Die endete mit den Worten Du kannst mich mal. Hab ich aber nicht...

Reden sie mit mir

Seitdem nun meine Gardine hin und wieder mit mir spricht, versuche ich auch andere Dinge des täglichen Lebens zum Reden zu bringen. Das Glas Gurken im Kühlschrank zum Beispiel. Irgendwann hatte ich es mal gekauft, weil die Dinger wenig Kalorien haben und mein Gürtel auf dem letzten Loch pfiff. Nun leuchtete das Glas im Kühlschranklicht und ich hörte seine mahnende Stimme. Weißt du noch...? Und ob ich weiß. Ich erinnere mich noch genau an den Tag, als ich die Spreewaldgürkchen kaufte. Ich beobachtete die Kassiererin wie sie Stück für Stück des Einkaufs über den Scanner laufen ließ. Pling...pling...pling. Mitten in den Plings hatte ich das Gefühl etwas vergessen zu haben. Die Rasierklingen...nein...die lagen auf dem Laufband, ebenso die Butter, die tiefgefrorenen Erbsen und Möhren. Der

Senf...pling...die Sahne...pling...zweimal Ritter Sport Marzipan...plingpling. Dann fielen mir die Gurken ein. Halt, ich hab was vergessen, sagte ich. „Menschenskind, kannste dir det nich früha übalejen? Oda sind wa hier im Kindajaten?" Die Stimme des Alten mit der Baskenmütze schnarrte, als hätte er sein Leben lang ausschließlich dicke Kubaner geraucht. Seine Unfreundlichkeit war nicht zu überbieten. Seine Baskenmütze erinnerte mich an einen Typen, den ich nicht leiden kann. Der hätte mich mal fast mit seinem Rad überfahren. Auf dem Bürgersteig. Anstatt sich zu entschuldigen, schlug er mir seine, ich glaube, es war eine blaue, Baskenmütze auf den Kopf. Dann schrie er...du Penner und verschwand, bevor ich ausfällig werden konnte. Der Typ bei Edeka hätte auch ein paar nette Worte aus meinem Munde verdient. Aber ich schwieg, denn Gelas-

senheit, so hatte ich erst heute Morgen gelesen, intensiviere das Leben, schaffe Harmo-
nie und sei gut für das Karma. Stand in meinem Horoskop. Ich bin der letzte Widder
(20.April), das Beste, was die Natur jemals
hervorgebracht hatte, sage ich, wenn frau
mich fragt. „Mein Herr, Sie halten den ganzen Verkehr auf. Machen Sie sich doch beim
nächsten Mal bitte einen Einkaufszettel." Die
Frau hatte eine Warze auf der Nase und
Haare auf den Zähnen. Während sie mich
zurechtwies, fuchtelte ihre Hand mit einer
Liste herum. Bei dem Wort Verkehr musste
ich grinsen. „Findste dit och noch lustich,
eehh? Ick gloob, ick hab nen Triesel im
Kopp", meldete sich die Bakenmütze wieder
zu Wort. Ich blieb gelassen und ließ mich
weder von Baskenmütze noch von Warze zu
einer Antwort verleiten. Ich wäre nur frech
geworden. Doch ein leises...du bist doch be-

scheuert...konnte ich mir nicht verkneifen.

Auf dem Weg zum Gurkenregal ließ ich mir alle Zeit der Welt, schnappte zusätzlich noch ein Paket Magermilchpulver und schlenderte betont lässig zur Kasse zurück, provokativ noch einen Riegel „Wunderbar" aus dem Regal nehmend. Wie gesagt, Gelassenheit ist alles. „Ehh, haste dir aba jut beeilt, wa?" Seine Baskenmütze hatte sich keck nach rechts vorne in Richtung Auge geschoben und der Typ sah irgendwie beknackt aus. „Da kann man mal sehen, wie ignorant manche Menschen sind." Bei dem Wort ignorant schob sich die Warze einige Millimeter weiter nach oben und sah noch bedrohlicher aus als zuvor. Die Kassenfrau reichte mir den Bon. Der Griff in die Hosentasche verriet: Ich hatte mein Geld vergessen. Den Rest kann sich jeder denken...

Der Besen

Er steht und schweigt. Der Besen. Er hat noch nie geredet und wird es aller Wahrscheinlichkeit nach auch niemals tun. Ruhig und gelassen lehnt er an meinem neuen Kühlschrank. Der ist metallicfarben und weiß nicht, dass er ein Sonderangebot bei Saturn war. 398 Euro. Mit Lieferung am nächsten Tag plus 20 Euro für die Mitnahme des alten. Auch von Saturn vor acht Jahren. Der Besen ist weitaus älter und hat sein Leben lang schon viel gefegt. Die Scherben des blauen Ikeatellers, den Inhalt der zerplatzen Haferflockentüte, den verschütteten Kaffee und natürlich auch den Staub der letzten Jahre. Mal mehr oder weniger regelmäßig. Nach Lust und Laune meinerseits. Manchmal stand er mir im Wege, so wie jetzt. Und das bereits seit Tagen. Warum soll ich ihn wegräumen, wenn ich ihn morgen wieder hervorhole? Oder übermorgen. Vielleicht sollte ich mir einen neuen besorgen. Es heißt doch: Neue Besen kehren gut. Bescheuerter Spruch. Neben dem Besen liegt eine Blaubeere. Sie hebt sich vom gelben Boden ab und sieht noch ziemlich gut aus. Ich hebe sie auf und lege sie in das ebenfalls blaue Küchensieb zu den anderen. Blaubeeren sind gesund und machen dünn. Habe ich mal gelesen. Jetzt sitze ich auf meinen Balkon und denke nach. Die Kühle weht mir von unten in die Hose. Ich bin barfuß. Anlass zum Philosophieren. Neulich fragte ich mich, warum Hunde keine Schuhe tragen. Ich war mit Eddie unterwegs. Eddie ist eine Französische Bulldogge und gänzlich taub. Er ist der Hund meiner besten Freundin, die seinen Namen nur mit...i schreibt, während Sohn Justin ein ...y bevorzugt. Eddie selbst ist das total egal. Er denkt nur ans Fressen. Egal was. Haupt-

sache er hat etwas zwischen den Zähnen.
Aber wie schon angedeutet, neulich war ich
mit Eddie unterwegs, ich mit, er ohne Schuhe. Was mich zu der Betrachtung veranlasste, wieso das so wäre. Eddies Halsband trägt
den Schriftzug: Hört nix. Was immer mal
wieder den einen oder anderen Fußgänger
veranlasst zu schmunzeln. Meist sind es ältere Damen, die ihre Entzückung kaum
bremsen können. Von ...ohh wie süß...über...
ist das aber lustig...bis...der Arme...habe ich
schon alle Sprüche gehört. Eine Dame mit
Stock deutete eben mit diesem auf die In-
schrift das Halsbandes, schaute auf ihren
Angetrauten und grummelte. Genau wie du.
Der hörte aber nix und lächelte nur. Zurück
zu den Schuhen. Kurz vor seinem Zuhause
befand sich eine große Pfütze. Erst betrachtete Eddie sein Spiegelbild, schlapperte vom
köstlichen Nass und trat dann, ehe ich es

verhindern konnte, mit allen Vieren hinein. Ich dachte mir, was der kleine Kerl kann, kann ich schon lange und lief langsam und entspannt durch den See. So wie früher als Kind. Plitsch...platsch. Und dann das Ganze noch einmal zurück. Eddie freute sich. Ich auch. Ein Dreijähriger auf einem Dreirad machte es uns nach. Sehr zum Ärger seiner Mutter. Sie brüllte, das Dreirad fiel um, der Junge in die Pfütze. Eddie und ich machten uns aus dem Staub. Und nun komme ich zum Schluss. Warum tragen Hunde keine Schuhe? Als wir in der Wohnung waren, tappte Eddie durch alle Zimmer und jeder seiner Schritte war nachvollziehbar. Wäre besser gewesen, auch er hätte Schuhe zum Ausziehen gehabt. Also griff ich mir den Schrubber (nicht den Besen) und verwischte seine Fährte. Doch da lag Eddie schon lange auf dem Sofa und schnarchte.

Der Schreibtisch

Ich friere. Auf meinem Balkon ist es kalt. Saukalt! Von Gemütlichkeit keine Spur. Um mich dort halbwegs wohl zu fühlen, müsste das Thermometer einen Freudensprung machen. Aber ich habe keins. Folglich...aber lassen wir diese Spitzfindigkeiten. Es ist Februar und da darf es schon mal unter Null sein. Aber mir gings gut. Gestern habe meinen Schreibtisch aufgeräumt. Um es ganz genau zu sagen: Ich habe sogar mir einen neuen gekauft. Das war gar nicht leicht. Schätzungsweise fünf IKEA-Besuche waren notwendig, um mich zu entscheiden. Oder zu verwirren. Wie man/frau es nimmt. Wussten Sie eigentlich, dass das Leben durch vermehrte Entscheidungsoptionen (Wow!) immer schwieriger wird? Nicht von mir, aber trotzdem gut. Zurück zum schwedischen Möbelhaus. Rolltreppe rauf, an den Sofas vorbei, links ums Eck und ich stand inmitten von BEKANT, HEMNES, MICKE, und BESTA BURS. MICKE gab es sogar in zartrosa. Aber mal ehrlich, wer kauft sich denn einen Schreibtisch? Den lustigsten Namen fand ich allerdings im Internet: UNISEX. Große Arbeitsplatte, melaminharzbeschichtet und kratzfest. Wahrscheinlich passend zum Film „Shades of grey". Bei meinem letzen, dem fünften Besuch bei IKEA, stellte ich fest, dass ich mit meiner Family-Card jedes Mal einen Cafe umsonst hätte trinken können. Pech gehabt. Aber irgendwann ist mal ein neues Bett fällig. Nachdem ich mich für ein Stück mit dem unverfänglichen Namen MALM entschieden hatte, schaffte ich es beim dritten Versuch, die Pakete auf den Einkaufswagens zu legen. An der Kasse lasse ich mich anmaulen, weil der Einkaufscode nicht nach vorne zeigt. Dann bin ich draußen. Wie üblich suche ich nach meinem Auto. Auspacken, Einzelteile auf den Boden legen und auf meinen Freund und Kollegen Jürgen warten. Der kommt, ich suche nach einem Schraubendreher und harre der Dinge, die auf mich zukommen. Jürgen, ungeduldig (er nennt es forsch) und voller Tatendrang, bittet mich, meine Hände von jeglichen Arbeiten fern zu halten. Er habe alles im Griff. Ich setze mich auf mein dunkellila Sofa und schaue ihm zu. Um es kurz zu machen. Jürgen war Spitze. Sein Sachverstand war nicht zu übertreffen. Nach einer guten Stunde stand der Schreibtisch vor meinem Fenster. Da, wo der Balkon ist, wo grad Minusgrade herrschen. Bis auf einen kleinen Zusammenbaufehler an der Schublade, während Jürgen auf dem Klo war, hatte ich die Finger doch nicht still halten können, war alles funktionabel. Das Einräumen des neuen Möbels war spannend. Da kamen Dinge zum Vorschein, die ich schon lange nicht mehr im Kopf hatte. Zwei nichtbezahlte Strafmandate von anno Püppi wegen Parkens auf dem Bürgersteig, die Bedienungsanleitung meines Fernsehers und ein Kinderbild von mir. Zum Schluss die Rechnung einer Dame, die sich über mich geärgert hatte, weil ich mit ihr nicht in die Schweiz gefahren bin. Ihren Unmut hatte sie in eine Rechnung gefasst. Detailliert stellte sie mir den Sex der letzten vier Wochen in Rechnung. Zahlungsziel: zehn Tage. Ohne Skonto und unter Angabe der Rechnungsnummer. Das Leben kann schon recht lustig sein. Die Rechnung kommt in die Ablage. Ein bisschen Erinnerung muss schließlich sein.

Jetzt sitze ich am WALM und bin zufrieden. Lieber eine klemmende Schublade als einen kratzfesten UNISEX-Schreibtisch...

Der Bettler

Gestern kam ich an einem Bettler vorbei. Er saß vor REWE und tat nichts. Ein leerer Pappbecher vor seinen Füßen, er selbst hielt ein Buch in den Händen. Er war 25, höchstens 30 Jahre alt. Ob jemand etwas in den Becher werfe oder nicht, schien ihn nicht zu interessieren. Ich empfand eine Mischung aus Mitleid und Ärger. Rumsitzen und sich aushalten lassen, dachte ich. Der Kerl soll...Vielleicht kann er nicht, wer weiß, was er alles erlebt hat...

Es ist viele Jahre har, als ich für das Buchprojekt „Berlin outside" eine Woche lang in einer Tag- und Nachtkneipe am Spreewaldplatz „wohnte". Es roch nach abgestandenem Bier und Aufgestoßenem. In der Luft hing der Qualm billiger Zigaretten und machte das Atmen schwer. Doch kaum einer störte sich daran. Aus der Musikbox Freddis „Heimweh" und zwei dünne Arme,

„Heimweh" und zwei dünne Arme, die sich um meinen Hals schlangen. Sie war vielleicht 70, hatte keine Zähne mehr und suchte Körperkontakt, den sie seit Jahren vermisste. Auf der Eckbank ein schlafender Mann. Die Schuhe hatte er vor dem „Zubettgehen" ausgezogen. Damals gab es noch den Geldbriefträger, der die Renten in bar auszahlte. Der Zapper hatte die Vollmacht seiner ‚Stammgäste. Das Geld kam auf den Tresen, die Bierdeckel aus dem Kasten. Dann wurde abgerechnet, Striche zusammengezählt, vielleicht auch etwas aufgerundet, der Rest wurde an Karla, Grete, Ernst oder Arthur ausgezahlt. Viel war es meist nicht mehr. Es war ein Kreislauf, der oft erst mit dem Tod sein Ende fand. Das alles schoss mir beim Anblick des Bettlers durch den Kopf. In mir schwankte es nach Geben und nach Ignorieren. Ich schämte mich. Zuhause angekommen suchte ich nach einer Geschichte, die ich vor Jahren mal geschrieben habe. Ein Bettler sitzt Heiligabend auf der Straße...

Vier Menschen – vier Ansichten

<u>Frieda K., Straßenpassantin:</u> Der arme Mann. Das scheußliche Wetter muss ihn fürchterlich zu schaffen machen. Es regnet in Strömen, und kalt ist es auch noch. Und das alles am Heiligabend. So dünn, wie er ange-zogen ist, wird er sich noch den Tod holen. Ob er wohl ein Zuhause hat? Wahrscheinlich nicht. Bestimmt schläft er auf einer Park-bank, oder unter den Brücken, wie die Clo-chards in Paris. Dabei sieht er so freundlich aus, richtig sympathisch. Na ja, mal abgese-hen von den zerrissenen Hosen und der ge-flickten Jacke. Aber woher soll er das Geld für bessere Kleidung nehmen? Er lächelt jedes Mal so dankbar, wenn ihm jemand ei-nen Euro in den Hut wirft. Seine Augen sind

so sanft und melancholisch. Und seine Hände zart und sauber. Er kommt bestimmt aus
gutem Hause. Ob er mal verheiratet war?
Ob er Kinder hat? Das Schicksal hat ihm
wohl kräftig auf dem Kopf gehauen. Aber
trotz allem strahlt er Zuversicht und gute
Laune aus, hat für jeden ein Wort des Dan-
kes und ist immer zuvorkommend. Ein richtiger Gentleman. Er tut mir Leid.

Elvira, seine geschiedene Frau: Ge-
schieht ihm recht. Soll er sich doch den
Arsch abfrieren. Er war immer schon ein
Penner gewesen. Lust zum Arbeiten hatte er
nie gehabt. Was war er denn? Ein schäbiger
Kassierer bei der Sparkasse. Und was hätte
er sein können? Mindestens Filialleiter, viel-
leicht sogar Direktor der Hauptstelle. Keinen
Ehrgeiz hatte er, nicht einen Funken. Mein
Gott, bin ich froh, ihn endlich los zu sein.
Meinetwegen soll er doch verrecken. Ich be-

komme sowieso nichts von ihm. Hat er toll eingefädelt, sitzt hier Dreck, lässt sich vom Amt aushalten und ich bekomme keinen einzigen Pfennig Unterhalt. Bin ich vielleicht daran Schuld? Wir haben nicht ein einziges Mal Urlaub in der Südsee gemacht, immer nur Mallorca, im billigsten Hotel. Und das Auto, das wir hatten war eine Schrottschüssel. Ein Haus hätten wir auch haben können, aber nein, er war zu faul, um Karriere zu machen. Mir reicht es, hat er immer gesagt. Was ich wollte, danach hat er nie gefragt. Meine Freundinnen hatten mehr Glück mit ihren Männern. Die fahren im Sommer nach Sylt, im Winter zum Skilaufen, tragen Armani-Klamotten und haben Taschen von Prada, und nicht diesen billigen Ramsch von C&A. Ich wünsche ihm, dass der Winter richtig kalt wird, dann wird ihm sein blödes Grinsen noch vergehen.

<u>Susanne, die 17jährige Tochter:</u> Papa ist ein toller Typ. Hab ihn heute wieder besucht. Freue mich jedes Mal, wenn ich ihn sehe. Er ist freundlich und gut drauf, hört mir zu und tröstet mich. Wie letzte Woche, als ich die Mathearbeit verhauen hatte. Und als ich vor Liebeskummer nichts mehr essen konnte, hat er mich in den Arm genommen. Er hat nichts gesagt, hat mich nur fest gedrückt und über den Kopf gestreichelt. Vor ein paar Monaten habe ich mich noch für ihn geschämt. Einen Vater zu haben, der auf der Straße sitzt und bettelt, das war nicht mein Traum. Aber jetzt, jetzt sehe ich alles anders. Ich kann ihn verstehen. Mutter hat ihn immer nur getrietzt. Sie wollte mit ihm angeben. Er sollte mindestens Geschäftsführer sein, in Anzug und Krawatte herumlaufen und tierisch viel Kohle nach Hause bringen. Ich glaube, sie hat ihn nie wirklich geliebt, sie wollte nur

121

gut versorgt sein. Da hat er eben seine Kla-
motten gepackt und ist gegangen. Er konnte
einfach nicht anders. Mamas Wünsche und
Vorstellungen haben ihn total unter Druck
gesetzt. Seine eigenen Wünsche musste er
immer hinten anstellen. Wenn er ein gutes
Buch lesen wollte, schrie sie, er wäre ein
Faulenzer. Und wenn er mit mir ins Kino
wollte, keifte sie, das wäre pure Verschwen-
dung. Spaziergänge waren unproduktiv; in
der Zeit hätte er sich lieber weiterbilden sollen. Nun ist er weg. Ich glaube, jetzt hat er
die Ruhe, die er immer wollte. Ich könnte
nicht so leben wie er. Aber ich liebe ihn und
freue mich auf morgen, wenn ich ihm sein
Weihnachtsgeschenk bringe und er mir mehr
aus seinem Leben erzählt.

Hermann, der Bettler:

Jetzt bin ich 42 und sitze auf der nassen
Straße vor einem Kaufhaus. Ich bin auf die

Almosen anderer angewiesen, schlafe im Asyl – aber ich fühle mich wohl. Nur wenn der Drehorgelnmann „Stille Nacht" oder „Ihr Kinderlein kommet" spielt, werde ich traurig. Doch jetzt bin ich unabhängig von dem ganzen Scheiß. Ich brauche kein Auto, muss nicht nach Mallorca in den Urlaub fliegen. Und ich brauche nicht mehr zu buckeln. Zu Buckeln für eine Gehaltserhöhung, für ein nettes Wort vom Chef oder für die Beförderung. Jaaa, ich fühle mich wohl. Meine Frau ist sauer, was soll's, sie war immer sauer, egal was ich tat. Immer mehr, immer teurer, immer besser sollte es sein. Hoffentlich wird unsere Tochter nicht so wie sie. Ich wünsche es weder ihr noch mir. Wenn ich die Menschen an mir vorbeihetzen sehe, wie sie auf den letzten Drücker noch Weihnachtsgeschenke kaufen. Ipad und Computer für den Sohn, Barbiepuppen für die Kleinen, Küchenmaschine für die Frau, Schmuck für die Geliebte und hässliche Krawatten für den Gatten; und alles auf Kredit. Sie haben Dollarzeichen in den Augen und den Angstschweiß vor der Kündigung auf der Stirn. Ich bin froh, nicht mehr zu ihnen zu gehören. Für immer? Bestimmt nicht. Manchmal habe ich Angst vor dem Morgen, vor der Kälte auf der Straße, den Blicken der Nachbarn und meinen eigenen Wünschen. Irgendwann werde ich vielleicht mal wieder einen Job annehmen. Vielleicht als Pförtner oder Bote, oder ich mache den Taxischein und ziehe in eine kleine Wohnung, in der mich meine Tochter besuchen kann, ohne zu frieren. Auf keinen Fall gehe ich wieder zurück in eine Bank. Ich freue mich auf morgen, wenn mich Susanne wieder besucht. Mich aus ihren graugrünen Augen anschaut und mir das Gefühl gibt, trotz allem ein Mensch zu sein...

Epilog

Vielleicht hat sich der eine oder andere in den Geschichten wiedergefunden...genau das wollte ich erreichen...

Jeder sollte lauschen und schauen, was um ihn herum geschieht. Ob auf einem Balkon, im Cafe, in der U-Bahn oder nur im Vorübergehen auf der Straße...